鄰女

王定國

這是我的心意

目次

序評

真愛萬重山

劉乃慈

在二〇二一年《夜深人靜的小說家》序文裡，平素低調的王定國先生坦言近幾年的眼疾對他的寫作造成莫大干擾。雖說健康是人人生來便無以迴避的課題，這突來的消息還是震驚許多長期喜愛他的讀者們。在錯愕惶然的臆想中，我以為即便再有下一部作品，相見恐怕也得靜候幾個寒暑。結果再次大出意料。去年深秋的騷動暫歇，現下金風乍起，王定國又安安靜靜地交出了《鄰女》。沒有人能否認，再怎麼崇高的文心仍然要低聲下氣委求肉眼的成全；是以不難想像，小說家的心與眼偶有協力之時，更多是對抗拉扯之際。眼前的《鄰女》，或許就是在頑強書寫意志驅策下，克服萬難的成果。

三部曲，以愛之名

把時光軸距稍微拉長一點，從二〇一三到二〇二二恰好十年，王定國在日夜更替的月影晨曦中孕育了《敵人的櫻花》、《昨日雨水》和《鄰女》三部長篇小說。無獨有偶，三部文本的敘述者都採用第一人稱男性，都是夾縫在困頓現實與理想期待之間的男人，在愛的試煉裡，他們表面看似無望脆弱，實則內心堅毅強韌。三部長篇小說對「男性角色的另類觀察」，有待讀者們的心領神會，而他們在愛情關係裡彰顯主體存有的深刻價值，也值得我們沉思玩味。

《敵人的櫻花》不但著力在愛的絕對等待，「相信只要等待秋子就能繼續存活」，同時還打開愛與倫理的對話，「任何的愛都有一個臨界點，隨便跨過去恐怕就會失去更多」。要言之，愛既是回應絕對的自我，也是兩人之間的相對倫理；愛可以是純淨的善的分享，也隨時面對私欲的惡的誘喚。因為這個不斷往復辨證的愛，使得《敵人的櫻花》格外耐人尋味。《昨日雨水》是愛與正義的合作。故事裡兩個重要的男性角色「我」與柳律師，分別象徵愛與正義。人世間的愛與正義往往是矛盾關係，因為愛可以盲目自私，正義卻要求清明無私。選擇愛很可能會忽略正義；選擇正義常常是得犧牲愛。在兩難的困境裡，《昨日雨水》試圖打開愛與正義的協商空間，這部作品實是繼《敵人的櫻花》之後的另一個高峰。最新完成的《鄰女》持續探照凡俗生命中的微光，咀嚼更加幽微的情感與倫理價值。是以《鄰女》的愛情早就溢出兩性的情感疆界，延展到父子之愛、手足之愛，還有人與人之間的友誼之愛。在愛裡，我們應當相信什麼？堅持守護什麼？值得企盼什麼？人世間所有愛的關係，都可以是從深沉生命經驗中淬鍊鍛鑄出來的信仰。

從書脊到書頁，《敵人的櫻花》、《昨日雨水》加上最新這本《鄰女》，便彷彿深烙著同一枚「真愛」指紋——「不被狹持」、「無須多言」、「我的心意」。甚至角色命名、人物處境以及生命經驗的延續性，好像都暗藏著似有若無的蛛絲馬跡。三部長篇合而讀之，交互激盪，視為以愛之名的三部曲實不為過。

藏鋒顯拙，自我挑戰

《鄰女》的敘事起點是五十七歲假釋出獄的劉良厚，以第一人稱敘述對讀者「你」傾吐自己的大半生。自幼家境清苦、立志出人頭地的男主角，在同齡男孩快意徜徉於大學校園的年紀，他已經選擇在鐘錶店裡拚經濟。時間就是金錢，良厚身心都是上緊發條的奮鬥鐵律。女主角余敏愫出身在雄性霸權濃厚的地方政治家庭，不愁吃穿卻飽受家庭性別歧視。余家愛打女人，這讓日後自行改名為余素的余敏愫，從十八歲起開始一連串的逃家。為了讓父親放棄打探她在余聲濤生日前夕想要買一只錶送他，藉此證明自己已能獨立。原本八竿子打不著的男女主角，因為一只雨中的勞力士、幾杯斟滿心事的烈酒，註定了六年後必須共譜一段婚姻家庭組曲。

素在醉酒夜意外懷孕，爾後獨自照養兒子，及至瑞修居臨上學的年紀才不得已帶著孩子見生父。三十多歲一夕間升格為人夫人父的良厚，對素的遭遇充滿疼惜；再加上有余聲濤的人脈和資金挹注，鐘錶事業發展出色。遺憾的是，良厚與素雖然坐實夫妻身份，原本就相當薄弱的男女之愛不得不朝向兄妹之情傾斜。阿素心裡難忘移居巴西的青梅竹馬，再加上不斷逃家、未婚生子，還沒體驗愛情之前就提早接下人妻人母的責任。這個天真勇敢、一心想要證明自己的女人，終究還是低估現實裡的危機四伏、糖衣包裹的貪婪人性，以及，其實她自己也無法清醒判斷的外界情感誘惑。從少女時期的叛逆到中年階段的放手一搏，沒想到余素所有的希望與幻夢盡數化為泡影，最後以死收場。素的殞落只是故事冰山一角，整部《鄰女》皆從良厚的視角向外輻輳各組人物處境和關係，不論是牽拉扯或者斷離續，都留待文友們細品。

熟悉王定國敘事美學的讀者不難發現，《鄰女》有兩個相當明顯的殊異性。首先，小說文字之質樸可謂是鉛華洗盡。尤其是敘述語氣少了以往的流暢明快，直追日常口語化的叨叨絮絮，甚至還帶著頓滯、遲疑的語氣。諸如，「我忘了說明」、「我已經離題了」、「又離題了」、「往後我會再詳加說明」、「容我先把……說完」、「我是否也順便把……說完」、「我真正想說的其實是……」。小說家降減洗鍊優雅的語言、細緻抒情的意象，這次刻意在敘事上藏鋒顯拙，為的是讓敘述風格慢慢鏤刻出主角的性格。《鄰女》的故事線也沒有過往作品那樣直線明確，從回憶式的追述再加上順敘、倒敘、閃回、補述、信件替代講述，閱讀過程必須抓緊時而迂迴輾轉、時而糾結反覆的敘述者心境。這部作品說它是靈活變化也好，說是小說家的自我挑戰也行，反正作家擅長的、閱眾讚賞的，這次似乎故意捨棄不要。

《鄰女》第二個特色是迎面而來一群有個性、有主見、有行動的女性；有些女子施以工筆，有些女子則給予淡描。容我說句俏皮話吧。十年伏案筆耕，王定國卻始終沒有給他筆下的女人們一個應有的交代。就拿二〇一三年復筆便豔驚四座的《那麼熱，那麼冷》來說，〈某某〉和〈落英〉裡的女人連一句台詞都沒有，遑論個性。倘若短篇篇幅無法充分顧及女人，那麼長篇格局總有足夠空間來安頓她們了吧？可為何二〇一五年《敵人的櫻花》那個天真善良的秋子，連講話都是有如鳥語般簡潔的單音？二〇一七年第二部長篇《昨日雨水》，帶著口罩不發一語的文琦除了離開還是離開？這種老是覆紗掩面、節制留白的女性形象，教人納悶懸念。想是，《鄰女》來給大家一個交代了。

退讓的堅定

從地方議長余聲濤、余家三太子、重櫻的大學學長，乃至投顧權威李卓為，《鄰女》的男性眼底寫滿了「我要」的慾望。令人詫異的是，良厚的掌心居然攤開「我給」的退讓。良厚一生有幾個關鍵的退讓時刻。大學時期他有個愛慕不已的學妹叫林重櫻，最後他還是將追求的行動退讓給出身更卑微的重櫻學長。瑞修不斷追究母親的死因，良厚假藉失智來迴避兒子緊迫盯人的問題。迴避，是為了顧及瑞修破碎的心靈。面對亡妻生前的外遇男李卓為，良厚也只是向他要回她的手錶。隱忍，是為了維護素的名譽。寬容、犧牲、隱忍……男主角外顯出來的性格特質，是對周遭弱勢者的尊重，也是對強勢野蠻人的同情。儘管耗費自己生命中最精華的時間，有可能徒勞無功甚至遭受世人誤解唾棄，良厚仍甘願繼續下去。儘管他一再聲稱自己個性軟弱，我們卻在他身上看到付出與承擔。因為軟弱、退讓的底蘊，乃是愛的意願與能力。

良厚對愛的信念，有一個非常重要的核心根源。孩童時期，母親以無比強韌的生存意志和勞動，終於感化因為貧苦潦倒而想藉賭翻身的父親，兩人一起吃苦到老。如果母親的堅毅為他示範了愛的堅持，那麼姊姊無疑就是他生命中第一個愛的試煉。因為年幼不懂，良厚沒有機會陪姊姊一起苦，甚至眼見姊姊被表兄們欺負捉弄，自己礙於膽怯而不敢出聲阻止。這個既是親眼見證（母親）又是愧疚遺憾（姊姊）的生命經驗，成為他同情弱勢女性、對世事保持忍讓寬容的動能。是以簡直不可理喻的五年牢獄，我們也應該要注意到這個超乎理性行徑背後的價值信念。

除了退讓的堅定，良厚的生命經驗也讓他淬煉出一套魚刺哲理。余素和重櫻不畏抗拒、勇於表達自己，兩相比較，良厚顯得渺小怕事。他與兩位女主角面對現實壓迫的方式，在故事裡是頗為重要的對照組。小說用一段食用鯽魚的細節描寫，凸顯安靜沉默的對峙未必輸給街頭上、家庭裡的激烈抗爭。土鯽多刺，每次食用都要小心翼翼以舌尖探刺，最後才用手指將刺捏出來。餐桌上微不足道的鯽魚，竟能讓這些平日爭比力氣、大聲嚷嚷的莊稼漢們全部安靜下來，因為萬一不慎被刺，細小的魚刺恐怕更難挑拔出來。魚刺意象蘊含的處事態度，暗示著再多的紛爭、再大的壓迫，逐一細心拆解或許要比盲目激情的包圍抗爭來得有效。

擁有自己聲音的「鄰女」

「鄰女」作為小說命名，不單是故事裡出現各式各樣的女人，而且也呈現了異質的聲音。我們從故事肌理可以斷定，「鄰女」並非意指特定的「鄰家女孩」（the next-door girls），也不是居住附近的「鄰里女人」（the women in the neighborhood），而是圍繞在我們生命裡的「比鄰女性」（the women around us in life）。緊鄰良厚生命裡的女人，在父權結構的性別制約與壓迫中，有還來不及發聲便殞落的無聲女性（例如姊姊），也有試圖奮起抵抗的發聲女性（余素及重櫻）。

重櫻寫給良厚的信中提出一個核心扣問：「女人的一生除了被描述，有屬於她自己的聲音嗎？」在良厚眼中，素為了抵抗父權家庭，擁有自己獨立的自主性，「一口氣發出超越世俗的聲音」。同時也可想而知，「初試啼聲就把她所有的力氣用完了」，素叛逆的聲音讓良厚感到既明確又悲哀。重櫻出身在政治受難家庭，兩歲沒了父親，母親又相繼離世，後來由叔父將她養大。小說三兩筆勾勒出林重櫻碎裂的原初生命文本，一如簡要帶過賴桑的政治冤獄，但我們不難體會她在成長過程中的孤單、匱乏和渴望。日後，不論是在學運改革裡投注的理想熱情，或是婚姻關係裡信諾的永結同心，重櫻努力爭取、用心經營的愛卻相繼變質扭曲。良厚也對重櫻說：「妳的聲音在街頭，就像素的聲音在逃家後的暗夜裡，但這些聲音畢竟都只像是吶喊，並不真正代表女性想要擁有的自己。」

如果余素逃離父權家庭還有重櫻投入街頭學運，都是在強弱二元關係裡因壓迫而發出的抗議吶喊，那麼什麼才是女性自己的聲音？什麼才是女性擁有的真正的自己？《鄰女》拋出來的問題，需要進一步連結到文本另一個重要元素鐘錶／時間來思考。將發出吶喊聲音的「鄰女」與「時間」兩者加乘閱讀，或許我們可以試著鑿開文字夾縫中屬於未來時間的「臨女」（the coming women）。

屬於未來時間的「臨女」

以鐘錶為志業的良厚曾經說過，「只有在修錶的過程中我才會真正快樂，因為那很像在修補一個生命，」他的一生確實嚴謹遵循鐘錶劃定的時間軌道。饒富意味的是，兩位女主角和良厚的關係，也可以分別用兩樣的手錶來概括。余素是一只勞力士錶與一只瑞士錶，林重櫻則是一只良厚拆解的錶，還有一只就是良厚手腕上的錶。我們沒忘記，余素在下雨的傍晚為著買勞力士而來，良厚出獄後找上李卓為，是要索回余素的瑞士錶。瑞士錶是男方在辦理結婚登記前送給女方的，「用來紀念那段失聯的歲月，同時也象徵我們還要一起走下去。」余素的半生正如錶面上那行詠嘆人生短促的雋永小語，良厚執意找回這只遺物，暗示他與素的情感將永遠存活在這只手錶的時間內。事實上瑞士錶被瑞修拿走收藏起來，因為那是他唯一熟悉的母親遺物，故事至此，良厚對素的這份愛將由兒子接續守護。至於良厚與重櫻的情感，可以說是建立在大學時期的一次拆錶事件，持著掃把一臉焦急的重櫻，好不容易才找到良厚遺落的機芯。睽違二十多年，近乎五年的獄中書信往返，兩人再度相逢。故事收尾，重櫻的手突然勾進良厚的臂彎，故意問他現在幾點？良厚當真撩起袖口看錶，重櫻感傷地笑著：「時間對你來說就是這麼重要，不是嗎？那為什麼你會允許時間在你手上停下來……。」

人生有絕大部分是時間早已劃定的暴力制約。生命作為一種時間性的存在，正如鐘錶這類現代機械的精準切分，從一個固定的身分移動到下一個也是固定的身分。例如家庭—學校—公司—家庭，及至終點。在父權象徵秩序收編的時間裡，許多女人的時間因為被限定而停頓下來，例如一生勞苦的母親還有年少病逝的姊姊，她們沒有選擇地成為傳統父權結構裡的苦難承受者。

有別於空間性的「鄰女」，時間性的「臨女」（the coming women）指涉永遠無法被收編、約化的「來臨中的潛在女人」（the virtual women to come）。時間的臨近性意味著就在眼前的真實，另一方面，時間仍是尚未連結的潛在異質。易言之，是還沒到來，即將到來，懷帶期待企盼的「將臨」（the coming）。「將臨」的時間是陰性時間，逸離陽性時間的理性暴力。因此「臨女」就像天使般，永遠以一種不斷接近，卻又永遠不夠接近的姿態，持續接近中。「臨女」的時間臨近性，為小說人物扳開一道救贖的門縫，讓愛將臨、再臨。在冬季闃靜的黃昏裡，濃葉遮覆的濱海小徑上，重櫻與良厚緩步其中。她對他說「我們再走一次」，他告訴賴桑父子「明天一大早她還會再來」，這種帶著希望的期盼，就是將臨的、救贖的陰性時間。所以良厚終於頓悟，「請你愛她」此話「隱含著她對我的憂心和期許，宛如眼前這隻手，期待著撥開將熄未熄的灰燼……搶救最後一絲火苗那樣的不死心」。《鄰女》裡面的兩位「臨女」，余素為愛而死，重櫻為愛而活。重櫻讓良厚想愛，余素的出現讓良厚有機會去愛，重櫻的再臨是她有能力可以愛。

文學騎士

寫小說，有人追求美學技藝，有人探究社會問題，有人沉浸在羅織故事的樂趣；而我以為，王定國寫小說是回應生命與文學的真愛。我記得收錄在王定國散文集《探路》裡有一篇〈暗戀〉，裡面說的是作者七歲的童年經驗。小時候捨不得河裡繞游的魚群轉瞬結束，所以在橋邊撈捕的父親乾脆把漁網拉到一半，讓他可以繼續望著水面網中泛漾的魚群發呆。閃爍的流水與躍動的魚蝦是這個七歲孩子第一次懵懂體驗到的暗戀，養成日後他對喜愛事物的抗拒與矜持——因愛而生的等待。倘若把生命經驗轉置到創作情境，小說裡的真愛是萬重山，要求翻山越嶺千里跋涉；那麼作家對文學的真愛不也如此，是以自身無盡追尋的書寫意志證成無盡等待的絕對信念。借用齊克果的話來說，寫作是「信仰之躍」。

是以，假如你有興趣，何妨再次翻閱小說家的寫作年表：從七歲的懵懂之海，十七歲的文學心靈，四十七歲的野溪垂釣，五十七歲的深夜寫作，及至眼前六十七歲的《鄰女》。而如果你也有足夠的好奇心，提出類似這樣的問題：從七歲到六十七歲，有什麼樣的「暗戀」經得起數十載寒暑的綿延？那麼或許你也能從箇中讚嘆，造物主在創作者不同階段的生命情境裡，似乎早已埋下伏筆。七歲的懵懂之海預備著四十七歲的野溪垂釣，十七歲的文學啼聲也安靜等候到五十七歲毅然重返文學征途。文學騎士的信仰，具體化作披星戴月的趕路，「正在前往無法到達的地方」。寫作當然是一種拉長時間、投向未知的執迷之愛。真愛果然是萬重山，那麼險峻但是永遠「將臨」。

（本文作者為國立成功大學台灣文學系副教授）

第一章

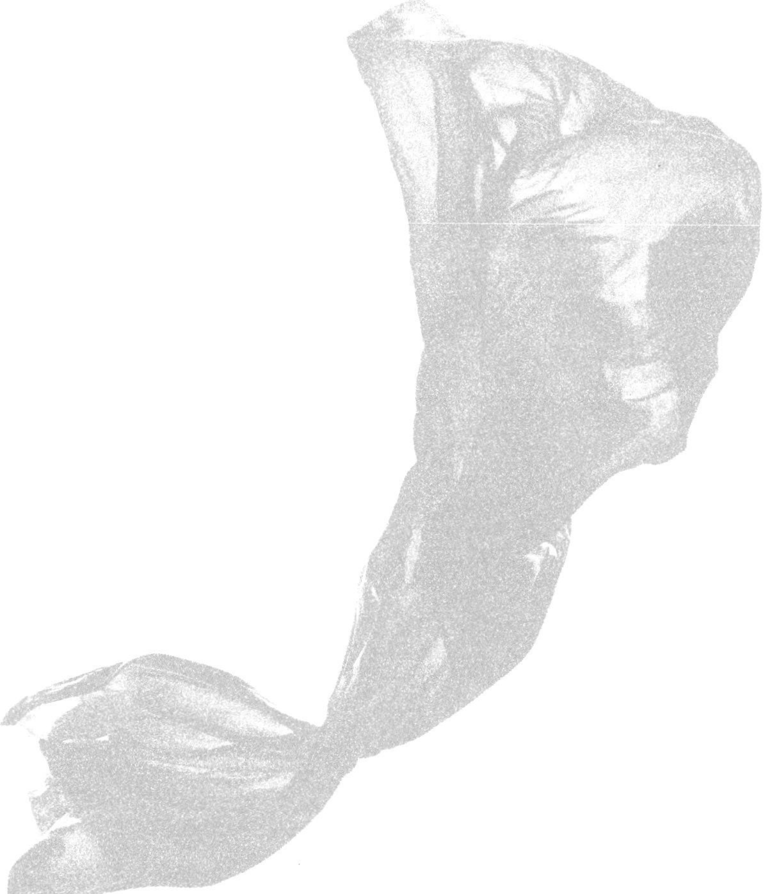

1

傍晚時，從這郊野的斜坡往下走，如果腳程不快，慢慢來到老屋坐落的三角公園旁，應該就看得到阿雲小姐剛好走出來的身影，她準時下班前都會有這樣的收尾，總是拎著小小的垃圾袋，丟進桶子裡再拍拍手上的塵埃。而每次為了避開她，我會在小徑的開闊處稍作停留，等她鎖好了門，循例朝著前方的交叉路多望幾眼，確認了我大概還在路上，這才噗著她的粉紅色機車，趁著暮色將臨消失在我的視線裡。

若有重要事項需要當面說明，她會在玄關開燈，然後坐在門口等待。

通常我不會讓她這麼細膩的用心耽擱太久，只要一瞧見老屋亮著燈，這時我就加緊腳步走進庭院，讓她那些其實並不怎麼重要的交代畫下句點。

今晚有煎一條魚，可以搭配中午的青菜。豆腐我買到了。飯鍋裡的吃不完，你就把剩飯盛到碗裡放冰箱，鍋子記得要泡水。冰箱有一碟醃漬的小黃瓜，我從店裡帶來的，很新鮮你嚐嚐看。

……

上週叫了一桶瓦斯，等著我回房間拿錢，禮貌性地站在遠遠角落。

大致上這算是目前為止我剛開始的獨居。

由於每週她只來單數的一三五，多少會有些瑣事需要仔細叮嚀，這時她就直接記在紙條上，寫的字頗緊細，寫不完還在底下括弧「背面還有」的字樣。瑞修每個月付她兩萬三，煮兩餐，負責清掃，下班時可以吃過飯再離開。但這四個月來，她不曾留下來和我共食，說還要趕去街上新開的日本料理店幫忙；何況我也覺得老歸老，孤男寡女總有某些應該避忌的嫌疑，聽說她很早就守寡，而我也算是個老單身，彼此間保持著不苟言笑的默契應該是要的，所以難免就有一種可敬的敵意飄浮在空蕩蕩的屋子裡。

當然我也知道她還有另外的任務，每半個月會向瑞修通風報信，就我的舉止和作息狀況列出觀察重點，譬如我是否無緣無故又陷入沉睡、遲鈍、時不時的健忘以及就像有一次被我聽到的「痴呆」這種字眼。

但表面上，她還能維持著對我無微不至的照應，若我剛從外面回來，她會馬上拔掉耳機開始聆聽我的動靜；坐在庭院裡睡著了，偶爾就有一條溫暖的薄毯披到我的大腿上；而即便我只是走進浴室裡洗把臉，隨後她竟然也會去查看馬桶，就為了記錄有沒有殘餘老人那種惶恐的尿跡。

這麼說來，也許你真的以為我已經很老了。

其實去年我剛迎來五十七歲生日，象徵性的蠟燭插在瑞修新婚不久的客廳，「重生」這兩字浮在咖啡色奶油上，意味著我的問題並非老不老，而是在他眼中，我只是個被期待重生的廢人罷了。兒子對自己的父親會有這樣的期許，也許你會很好奇，說不定還因此認為我是個失敗的父親。

◆

那個生日過後，雇工修繕的這間老屋剛好將近完成，於是瑞修一本正經告訴我，他認為老房子放著可惜，周遭環境那麼清幽，旁邊又臨著幾條頗有起伏的斜坡小徑可供散步，絕對是休養生息的好歸宿。當然我也算冷靜，故作遲鈍茫然點著頭，很為這種終於來到的悲哀表示樂意接受。

我從他的新家搬出來時，正是今年初春最寒冷的一天，只帶著隨身衣物和盥洗用品，其餘電毯棉被暖風扇種種較為傷感的物件，他已在幾天前分兩趟替我送來。老房子內部還算簡樸，沒有我所擔憂太過幸福的氣味，難怪一住下來馬上如釋重負，頗符合一種安靜的宿命，讓我從此就在這裡終老。

然而事前他並沒有透露還有這位阿雲小姐。我只知道他曾四處尋找管家，表面上用來照料我的起居，實則後來經過仔細推想，才發覺他可能別有居心，恐怕就是期待這位阿雲和我擦出夕陽火花，好讓他專心去鑽研他的科技夢，否則費盡苦心去物色一個年輕的單身婦人，究竟所為何來？

當然，這四個月來讓他失望了。

據我觀察，他已不再對阿雲寄以厚望，因為在某一次的閒聊中，阿雲自己忍不住說溜嘴：「聽說老闆正在打聽外籍看護的申請管道，看來再過不久就會把我辭掉，以後你想要出門外食的話，可以去我們店裡試試，我做的炸蔬菜客人都說好吃。」

其實我對誰來照料起居還是覺得很可笑，一人獨居根本就難不倒我，就算要我撿來十隻流浪狗，憑我自己也能把牠們養得肥肥壯壯。我平常生活簡單，物欲、情慾早已看成煙雲，有時還真希望能夠再老一點，最好健康檢查數據多幾個紅字，或者乾脆一夜之間長出幾個瘤，好有個頑抗的理由去跟死神搏鬥。否則憑我目前這樣的消沉到底怎麼度日，人生就怕活得不完整，活一半，等於死一半，身上若有什麼劇痛還能大聲喊，心裡的痛可就只能忍，忍到有一天以為好像不痛了，趁著睡前安安靜靜的氛圍，勇敢、自信、貼心地安慰著自己說，好像真的不痛了耶——其實這時候最痛。

◆

然而說歸說，申請的外籍看護還沒一個影。阿雲小姐照例來上一三五的班。

直到這天下午，瑞修突然跑來興師問罪，下了車先把她叫到旁邊指斥一番，隨後瞧著她給的一張紙，臉色馬上一沉，竟然舉頭望著天空一嘆。不過他到底還是個有腦筋的年輕世代，懂得這種場合應該修點邊幅，於是來到了沙發上說要和我泡一壺茶。

我不太明白他這次又打什麼主意，雖然堅持要執壺，氣息卻不平靜，兩手來來去去一陣忙亂，茶壺經過他咯咯咯的碰撞後，倒出來的茶湯混濁得像他沉不住氣的表情。我當然看得懂，那張紙寫的不是他想要的，他要的是較為不堪的我的病情，譬如頻漏尿、不知飢寒飽、重複吃藥、掉眼淚、語無倫次或者經常的不知所云⋯⋯。他期待的也許就是這樣的紀錄，好在主治醫師面前當佐證，用來證明我的狀況確實不太好，正在瀕臨退化邊緣，雖然只是初期，但已來勢洶洶，非得找個專業看護長時間來照料不可。

茶泡一半，果然從我最近的睡眠品質開始問起。

你怎麼會每天晚上起來四、五次？

這沒什麼，白天有睡就好。

是一直頻尿還是有哪裡不舒服？

可能剛從你那裡搬過來，還不太習慣。

別繞圈子，你真的想說什麼就直接說清楚。

瑞修，你放一百個心，沒必要耗在我這裡。

還有其他的毛病嗎？雲姐說十分鐘前的事你馬上就會忘記。

你指的是哪一件？

噢，全部忘記反而對你是好事。他叼起一根菸。

像現在這麼清醒，我自己也覺得很痛苦。

那就看醫生怎麼診斷，我馬上掛號。

他站起來，整支菸只吸一口，用力戳在煙灰缸底折斷了。

然後我發現他已走到門外撥了一通電話。電話完，回頭坐下來喝第二杯，馬上朝著地上啐掉，大聲喊著阿雲，要她去把罐子裡的茶葉扔掉。

「你不應該喝這種東西來干擾睡眠，下次我帶幾包花茶來，喝了會安神，就不會再胡思亂想。你聽我的，我會幫你度過這個難關，剛才叫美奈子預約了，明天下午就來載你，先去做一些例行檢查，現在的醫藥那麼發達……」

「我也很想知道究竟是怎麼了。」我說。

「你認為會是什麼病？」他反過來問。

「有時好好的，有時就很沮喪。」

「我知道，雲姐都告訴我了。」

他說的雲姐這時切來了兩盤水果，正要走開，叫住她。

「前天遇到你們店裡的師傅，說房東要收回妳的房子，是真的嗎？」

「本來也不喜歡那裡，只好再找找看。」她苦笑著，一欠身。

「不如就住這裡，我不收妳的錢，但也沒辦法加薪。」

瑞修說完看看我，笑著對她說：「有個伴也好，反正他就這樣了。」

2

瑞修接我出來時，我對他的事一概不知情，滿腦子都是對他的虧欠，也只能心疼他這幾年是過著什麼日子。將近五年不見的這天午後，我跟在他後面，親眼看著他按門鈴，才知道他不僅憑著自己的努力買了公寓，還真沒想到屋子裡竟然有人來應門，還嗨了一大聲。門一打開，我先看到玄關牆上一幅畫，才發現人就站在畫框下，頂著一頭高高的鬈髮，身型雖然嬌小，嗓子卻很宏亮，難怪應門的聲音還在迴盪著，可惜接下來就噤住了，靜靜看著我這陌生人。

瑞修提到的美奈子，乍聽當然陌生，原來就是我的日本媳婦，日僑學校畢業後跟著父母留在台灣，兩年前在商展活動中認識了瑞修而結為連理。但聽說這門姻緣結得很不光彩，對方家長以不堪聽聞的事件為由，反對他們交往；而瑞修自己，也因為沒有親人的祝福，反而更堅定他的愛情意志，兩人就在法院完成了他們的婚禮。

瑞修可能已經交代過她，所以見了面她也不叫爸爸，只從她的喉嚨擠出了一聲「啊啦」。我聽那語調雖不覺得是惡意，但從那張小臉以及突然靜止的動作，還是看得出那是面對一個外人才會出現的疏冷和疑懼。

我已忘了瑞修當時是否介紹了我，畢竟在那玄關小小的轉身之間，頂多就是打個照面而已。可是三個人前後走進客廳時，前面這兩個人是挽著手的，我還發現瑞修特別在她的手心捏了一下，那看起來極其細微不足以放在心裡的小動作，連著幾天一直盤踞在我腦海，只要一想起來就有點不舒服。我想那種捏手的動作大概就是請她多多諒解的意思，類似放心啦、暫時忍耐一下吧……那樣的默契和體貼。

接著當然就是白天我和她的相處，我以為她只懂日本語，所以做什麼事都盡量親自動手，免得溝通大費周章。可又還是有點問題，例如開抽屜找個螺絲起子，就聽見她突然啊啦一聲；有時靠著牆面發個愣，她也不忘再一聲啊啦。剛開始我以為啊啦只是日本人很一般的口頭語，日子久了卻又發現，啊啦竟然還有加長音，例如我打開門走到陽台上，她從房裡出來看到了我的背影，這時就不只是啊啦而已，而是加了一個字的：啊─啦─啦。

每晚下班回來的瑞修，就聽著啊啦媳婦說長道短，兩人用日文交談，語速快而熱切，好比黃昏回巢的兩隻交頸鳥。我雖然聽不懂他們說什麼，但想也知道話題都在我身上，因為總是邊說邊看我，所說恰恰就是我曾做了什麼又被她啊啦的時候。

結了婚的兒子怎麼靠得住，我當然不想問他，而是請教了一個略懂日文的舊識，聽他說完後我才恍然大悟，原來「啊啦」是有點負面的詞，日本女人通常用來表示驚訝、沒想到啊、怎麼會這樣呢……之類的感嘆。

但這位友人卻又補充說，啊啦啦的語意又不太一樣，除了包含前面所說，還多了一層消極的含意，有點像我們對某個人失望時難免會有的感慨，一種不再有所期待的意思。

關於以前的事，瑞修會怎麼告訴她，而就算他自己，他又怎麼看待我這個父親，這些都是我不敢想像的。那時他剛踏入社會，一開始就聽到了那些世俗輿論，爾後當他又面對著嚴詞婉拒的女方家長，又是多麼卑微地博取對方同情？

只要想到這些困境都是我造成，在他面前就沒什麼好說的了。

因此，剛來到這裡的頭一晚，我身上的背包根本沒落地，只讓它擱在房間矮櫃上，心裡直想逃，就等著天亮前趕快離開。組成一個小家庭談何容易，而我只是來添麻煩，若有一天被樓下鄰居認出來，不就讓這小倆口更無言以對。

半夜裡我寫了紙條，大意是說瑞修我不能連累你、我自己一個人過日子沒什麼……。我移開背包，把紙條摺好放在原位上，結果房門一打開，客廳燈亮著，他竟然坐在那裡，兩眼就像探照燈投在我臉上。

「半碗飯沒吃完，我就知道你在想什麼了。」他說。

我敷衍地告訴他，只是出來上個廁所……。

但是他說：「你總該說清楚，為什麼會做出那種事？」

◆

我回到房間後，經過反覆猶豫，想著他既然還不能接受事實，可見那個陰影一直還在，並不因為我回來了就能重新開始，反倒是一看到我就又激怒他。那麼，與其趁夜一走了之，何不如留下來幫他化解滿腔的怒火，即便在他面前只是個出氣筒。

第二天起，我不僅沒有離開，還開始到處遞件謀職，雖然並不缺錢，起碼知道自己最缺的還是那些已經失去的，一旦又繼續消沉退卻，在這屋簷下恐怕一點顏面都沒有了。

但顯然我太過天真，就像大多數的獄友到處碰壁一樣。社會對人的凌遲遠超過監獄裡的苦刑，就算我已勇敢承認來自何處，對方就是會緊皺著眉頭，略表同情後還是把我婉拒。

我曾自告奮勇細說自己的專業經驗，但那主試者隨便掠一眼履歷表就把我刷掉了。我也曾蹲在富豪人家後院的沉水馬達旁，等著主人午睡醒來，聽我告訴他，那麼大的宅邸需要一名忠誠的管家……，但對方只是淡淡地說，不用了。

我甚至跑到新開幕的商場發傳單，那裡人最多，人人都是人，人最多的場合應該就沒有太多的潔癖，何況我也只是發個傳單，就像傳教士沿街發送神的福音那樣。我站在那個通道出口，總算感到前所未有的安心，卻過沒多久，碰到了素的二弟，美其名我的小舅子，他跟著人潮湧出來，突然岔出魚貫路線衝到我面前，把我一整疊傳單狠狠拋到空中，還撿起掉落的其中一張啐了兩口痰，再欺身過來抹在我臉上。

回家後我說不出話，瑞修當然也就不知道我遇見了誰。一個男人蒙受到恥辱時總得先藏在心裡，就像一條狗挨了悶棍只能低著頭先跑開，我何必還把委屈帶回來，那樣的污衊早就是烙在身上的傷痕，要是一受到攻擊就難以忍受，以後躲到哪裡還是又得重來。

◆

決定住下來後，瑞修卻又展開了對我一連串的盤問，口條相當犀利，把我問到招架不住才肯罷手。原本我還期待著這最後一段的相處，但顯然這個期待有違他的理性，他兩眼焦灼，氣焰如同熊熊烈火，非得要我清楚指出他母親為何而死，而我為什麼會造成那樣的悲劇。

有關真相的說明，我並不曾允諾，今後將也不可能坦露實情。倘若我把所有的罪證全都撇清，不就讓他母親又死一次，即便這時的我可以脫身，卻反而摧毀了母親在他心中的信仰，這樣的結果不是我要的，畢竟他還是我的孩子。

可是，一日又一日，我還是從他反覆的詰問、焦慮、毫不掩飾對我失望的神情中，看到了那種逐日加深的恨意。我終於不得不懷疑，為什麼他要接我來這裡，難道只想落實他的悲傷有個去處，每天在我身上洩憤而已。

他越是這樣，沒事時我就乾脆關起房門，只趁啊啦媳婦出門買菜的時間出來客廳走動、添水、打幾通詢問面試結果的電話。晚餐則就不能不面對，畢竟是一家三口終於要坐下來吃頓飯的時間。他們夫妻兩個併坐，我和啊啦中間隔著一個空椅，看來像個一人獨大的好位子，但也可以說是某種隔離。氣氛時好時壞，不好的時候，啊啦反而才會變聰明，頻頻用她五分熟的中文混搭日本腔，藉故說著笑著，更顯得瑞修那滿臉的冷意看起來更令我傷心。

我默默吃著飯，不夾那邊的菜，事實上也很難低著頭又伸出筷子。然而在那有點無助又無聊的咀嚼中，有一次突然想起小時候同樣吃著飯的情景，那時我已夾住一塊煎豆腐，而弟弟的筷子卻把我攔截，像一隻禿鷹從上往下俯衝，兩雙筷子僵持在盤子上動彈不得，而豆腐早已裂開兩半，很快就被旁邊更小的禿鷹叼走了。

我不知道為什麼會想起那一幕，也無從理解當時的我為什麼都不會哭，也許早有預感五十年後才有值得一哭的晚景吧，所以如今一看到這麼悲哀的處境，莫名的感觸就全都湧上來了。但這時的我卻是笑著的，笑得忘了嘴裡有飯，且有汩汩的津液不斷鼓譟而來，這多麼狼狽，整個嘴巴都塞滿了，兩頰已被撐得圓滾滾，裡面的東西卻又吐不掉，情急之下只好扳開嘴角，結果弄得皮帶褲頭膝蓋上全都是剛出爐的殘渣。

這時我聽見的就是加長音的啊啦啦，一旁的瑞修則不耐煩地說，別理他。

我聽了當然覺得很意外，卻也不會特別感傷，反而在這其實非常尷尬的瞬間悟出了一道啟示——如果今後就扮演這麼遲緩又令人討厭的呆痴，或許我們反而可以相安無事，而他對所謂真相的挖掘也會適可而止，從此讓這個小家庭回復再也沒有傷痛的日子。

在我突發奇想的呆痴中，瑞修卻養成了飯後走路的習慣，並不是外出散步，而是從飯桌下來後開始不停地走。從飯桌走到沙發大約三公尺半，飯桌到客房也只有四公尺，若從客房起算直接穿過客廳來到他們的主臥房，最多也只有十幾步就已無路可走。我不知道他這三房兩廳的小小中產階級能走到哪裡，社區有跑步機，樓下附近也有個兒童公園，他卻不去，寧可來回碰壁多繞幾圈，大概以為這樣就能走出狹隘的格局。

原來他是有話要說的。

他一邊走，一邊說，偶爾轉頭看看藤椅上的我，而當他走過去的時候，話聲剛好落在椅背上，可見這是以我為終點的踱步，而他喃喃自語的內容則以他的母親為中心，然後，對準我的傷口。

一個那樣無依無靠的女人，你竟然就把她弄死了。

平常她哪裡做得不好，有必要那麼殘忍嗎？

你知不知道事情發生後，我在外面吃個飯也被人指指點點？

就算讓你住在這裡，別以為大家都原諒你了。

他越走越快，好幾次差點撞到牆，而我看著這架噴射機就快要噴出大量黑煙時，馬上有所警覺，隨時提防著他會失控，使出他最後的致命一擊，譬如說：我看你還是滾出去好了。

當然他這想法只能藏在心裡，我是不會等他說出來的。我等他繞了將近八圈後，眼看他真的就快要忍不住了，這時趕緊扶著藤椅起身，然後在他剛剛走過的背影中悄悄溜進房裡。

我躺在他們暫時用不到的育嬰房，天花板上隱隱閃爍著銀藍色的假星星，有事沒事就又讓我想起素在那當時無可救藥的浪漫。她喜歡的大約就像眼前這種捉摸不到的東西，根本不知道很多浪漫總是會帶來悲傷，尤其她的工作性質經常隻身在外，怎麼會那麼不小心……。

我若躺久了睡不著，就會起來做幾個伏地挺身，做到快斷氣再爬進浴室看看鏡子裡有什麼異樣。反正住在這裡就是不能顯得太舒適，氣色也只要普通，眼神最好不要發亮，就算不想活但也不能死。這種矛盾界線當然很難拿捏，只能邊活邊死，或者想死又不想死，過完一天再來應付第二天。

沒想到才過了幾天，半夜裡，卻發生了那樣的事。

3

這天晚上他們夫妻很早就睡了，而我依賴著藥物才能勉強睡睡醒醒的這個深夜，中途還是又爬下床——此刻想來，這記憶竟然還是那麼清晰。我走到客廳時，才發覺下半身涼颼颼，低頭一看只穿著內衣褲，這非同小可，家有媳婦，何況還是個啊啦不停的緊張大師。我趕緊跑回房間，然而就在那樣倉皇的剎那間，習慣地就把長褲襯衫一起穿上了。

我來到客廳呆坐了幾分鐘，四周都是黑的，只有牆上亮著兩盞小燈。如果你也有長夜難睡的經驗，牆上那幽微的光線或許會讓你聯想到什麼，至少藉著那黑暗之光感受著一切事物的靜謐和安詳。我想到的卻不太一樣，我生命中的那些遭遇一直都是難以忘懷的，所以反而盡想著趕快忘掉才好，然而在這半夜裡看著悠長的燈光的投影，那些前塵往事馬上又把我翻攪起來。

因此我突然站了起來，拿起玄關桌上的鑰匙就出門了。

然後，幾分鐘後，我已把車子開上以前最熟悉的那條路。

一路上如同有個幽靈在指引，凌晨的夜裡，我來到了素的娘家。

◆

我忘了說明，以前我就非常討厭她家那條狗，長得多醜陋就不說了，偏偏還真的是狗眼看人低，連我這主人家的常客也難逃那種沒頭沒腦的攻擊。想當然什麼人養什麼狗，我那大舅子可就是養什麼像什麼，說他脾氣暴戾卻也曾經濟弱扶貧，但又不能輕忽他原來就不太好的本性，就算一頭溫柔的小花貓也能被他養出狡猾又暴躁的德性。

即便我已經避開了娘家這條狗，不見得就能避開狗主人。我把車鑽到後面巷子停下來，再從紫藤圍籬的邊門溜進院子，明明已經神不知狗不覺，卻在微弱月光的照拂下，闇黑的陽台傳來了他平常晚睡難怪陰森森的冷腔聲。

「誰？」

「我。」

「是誰？」

「我。」

「幹你娘，誰就誰，別跟我玩這種把戲。」

「是我。」

「名字報上來。」

「我是你的妹婿，志興你忘了？」

「來幹什麼，有種你直接上天堂找她懺悔。」

「她有兩箱子的東西，你們答應我來拿。」

「你不是還在裡面嗎？幹你娘，這麼快就把你這種垃圾丟出來。」

他喊的這聲幹，由於同時拍打著陽台欄杆，衝擊聲竟好像鑽進了鐵管裡面來回震盪著，連帶也把周邊的門窗、落地窗震出了大片玻璃瑟縮著的回音。緊接著就陸續有人走出了陽台，紛紛站在黑暗中惱怒地大喊，是啥人啊，到底是啥人啊？

擱有啥人？害死咱阿妹的垃圾人啦。

喊話的這聲源，一聽就是甩我傳單的那傢伙，作勢要翻出欄杆跳下來，被旁邊的大手一把抓住，安慰著說，管伊是三小，反正這種人已經無路通走。

我開始喊我岳父的名字。

「你不知道嗎？我妹死後他就中風了。」

我堅持不走，卻也沒有人下樓來開燈，房子的下半身是暗的，上面則除了門窗內的燈光，陽台一片幽暗，我舉著脖子望上去，很像一隻隻鳥頭的黑影分布在欄杆上，只有某個肩膀轉動時才會出現微細的光條從縫隙滲出來。

「再不走，數到三我就報警。」甩傳單的說。

後來我圈起嘴巴提醒他，「我已經替你數到二十。」

沒想到他真的開始撥手機。我只是想把素的東西搬回去而已。

在這持續對峙的黑暗中，一幕幕從眼前劃過的影像使我傷悲，我看見自己的鐘錶行一間間矗立在街頭的幻影，那些都是我親手打亮的品牌，員工們個個優秀又忠誠，而我每天固定穿著黃夾克到處去梭巡，還輪番陪伴那些越來越老邁的維修師傅，生怕他們忘了每天吃葉黃素，我連作夢都聽得到他們的子女打電話來說不幹了。

如今那些景象都在陽台上這一坨坨的鳥糞中蒙塵了。

我已不記得樓上的叫罵聲持續了多久，警車聲一直沒有出現，反而是瑞修的車子突然在急煞中從外直衝進來。起初我還以為他是來幫我助陣，怎麼知道他一跑過來，先架住了我的脖子和肩膀，然後像制伏了一個半夜跑出來的精神病患，低聲對我說：別鬧了。

◆

從素的娘家回來第二天，瑞修的臉色一直鐵青，悶聲不說話，一大早就避開我，到了晚上用餐時也等我吃完才上桌，吃到一半卻又忍不住，重重放下了筷子，朝著轉角看不到的我揚聲說：

「昨晚是在夢遊，對吧，知不知道我們的臉被你丟光了。」

還好有個牆擋在中間，我也就省得吭聲，繼續讓他自言自語。

「就算要把東西拿回來，他們不認為你是去騷擾嗎？」

美奈子跑過來探著頭，大概覺得這畫面很有趣，聽著不走了。

一個吃著飯，一個就是坐在牆下矮凳上的我，兩父子演變成這樣，顯然就是情感裡的某種東西早已不見了，取而代之的是他的憤怒，難怪說得那麼露骨，毫不考慮日後有沒有挽回的餘地。

他的態度會這樣急轉直下，一來是因為我不回答他的任何質問，二來當然就是深夜裡的這個意外使他蒙羞，對他的心理層面而言無疑就是雪上加霜，等於打翻了他原本還想從我這裡套出真相的期待，所以就趁勢翻起老帳，不客氣地對我奮力一搏。

甚至採取側面攻擊：「以前多麼崇拜你，真是笨蛋。」

我就讓他說著，一句話都不想回駁。陽台上的那盞燈正在閃滅著，我悄悄指給啊啦媳婦看，她對這轉移注意力的做法似乎頗認同，很快就拿著乾毛巾去把燈泡扭下來，陽台一瞬間更暗了。

但他還沒說完，語調是那種並不期待回應的斷句，像一隻困獸舔著自己的傷口，當然也還吃著飯的，越吃越慢就是了，大概已從剛才的憤怒獲得了宣洩，轉而成為灰燼般一閃一滅的獨白：

「以後我不會再問了，你明明已經無話可說，我又不是神經病。」

美奈子跑去幫他熱菜，回來時吐吐舌頭。窗外的風一陣陣緊吹著，縫隙大概沒關好，聽起來很像一種細細的冷笛，我只好又指指玻璃門，她一看就懂，很快又跑過去關緊，還特別咿呀一聲，果然完全靜了下來，正好聽見了從那餐桌上清晰傳來的訊息：

「我看你是病了，這樣也好。」

他這一說，可就幫我撩起了鬥志，我忍不住伸出掩在牆下的臉，朝他看了又看，加強語氣展開了對我自己的攻擊，「我也很怕以後更難控制，這幾天有時還會忘了自己的名字。」

「你會不會忘了這裡是誰的家？」

「不會忘，美奈子住在這裡，當然就是美奈子的家。」我說。

要我狠一點，我也可以說這裡是我一個人的家。這有點好玩，很像鬥嘴又像在耍心機，除了可以緩和他的情緒，也很像體內有個機關正在幫助我，每天那麼嚴肅做什麼，偶爾裝一副嘻皮笑臉反而樂得輕鬆。沒想到他的興致也來了，接著我的話說：

「美奈子的家應該是在日本才對。」

「哦，我本來以為她是韓國人。」

美奈子睜起大眼，這次啊啦得很小聲，大概可解作非常訝異的意思。

後來，他總算吃飽了飯，撂下一個結論：「我看就找個人來跟著你，免得三更半夜又無緣無故跑出去。」

我聽了這句話，起初還沒有什麼警覺，要到後來才知道他已打算把我送走，而阿雲正就是他所物色的人選。他朝著我生病的可能性在思考，對他來說確實是相當不錯的主意，與其那麼清醒承受著煎熬，何不如藉由我的病來重組彼此的關係。而且如果我的腦袋可以退化到形同廢人，他就不必再受折磨了，畢竟在他眼中，該死的人本來就是我，而我竟然還在他面前不幸地活著，這要教他如何忍受。

當然，這只是我大略的揣測，說不定是我誤解了他，但光想到父子間的衝撞會是這樣的結局，坦白說還是難以忍受的，相處不到半年，才剛走在同一條路上，什麼都還沒修補就這樣分手了。

我不禁想起他剛上小學時，由於特別愛吃土芒果，只要初夏一到，我就買了一堆回家，先在地板上鋪開兩大張報紙，然後和他蹲在報紙上剝著吃。卻只要吃完芒果第二天，他就喊背痛，沒一次例外。看了醫生沒效，還試過了幾種偏方，最後只能歸納出一個結論：土芒果含有某種和他的體質相悖的過敏基因，只要不吃就沒事。

多少年後，才知道那樣的推測其實錯了。

只因為剝土芒果容易弄髒手，每次乾脆連吃好幾顆，也就因為在地上蹲了太久，他正在發育中的背脊禁不起長時間的扭曲，難怪懵懵懂懂喊著背痛，而一鬧起背痛就把問題怪罪給土芒果。

那麼，又要多少年，他才明白母親的事怪罪在我身上也是錯的。

如今當然已說不清。

◆

想要顯得呆滯又能博取同情，其實不難。只要對著身旁某個人，兩眼盯在他的眼睛之外，不看他的臉，只管想著自己的人生多不堪，不久之後腦袋裡自然就會濛起一片茫茫然，運氣好的時候甚至還能凝出幾滴淚光。

我開始過著不得不失智的日子。

應該這麼說，瑞修的想法是藉由醫師診斷，順勢把我推向人生的荒野，也讓他從此找到寬恕的力量。至於我，平靜度日當然最好，要我做個沒尊嚴的父親並無不可，若是為了尊嚴和他抗辯到底，到頭來反而把他賠了進去。

我和他的動機雖不一致，目標上卻已不謀而合，只有美奈子被蒙在鼓裡，畢竟父子間的這種默契有點難堪，沒必要把她扯進來，何況也不光彩，越少人知道才更逼真，就好比我們要去偷米，難道還跟米店的人先商量嗎？

第二天起，我的一舉一動開始被放大解釋，瑞修會在上班時間來電話，問的都是我的起居，但因為話筒在他老婆手上，我只能從她頻頻轉頭看我的神情中猜那電話中的含意。今天他又哪裡不正常，又跟妳說了什麼，還是會自言自語嗎，之類的。他問一句，她就連應好幾聲，而那一聲聲讓我相當在意的口語，在那短促的描述中更顯得抑揚頓挫，簡直快咬到舌頭。

掛了電話後，這啊啦媳婦就更像個小偵探那樣機靈，簡直把我弱化到幼兒程度，時不時指著某物問我那是什麼？那是日本天皇的微笑。那是一群獼猴爬在樹上。那是結婚照，美奈子妳連自己也認不出來嗎？這樣的應對雖然越來越不堪，但我也知道她認真又盡責，便有一次為了如她所願，我驚恐地指著樓群後方的火球，讓她一臉訝異地糾正我：上次說過了嘛，那是夕陽。

看著聳動的電視新聞時，我的沉默也讓她憂心，指著螢幕一再說明。為了避免她起疑，有時我也得裝聰明，例如對著我其實並不很懂的3C產品發表高見，結果聽到的是她剛學來的成語：你讓我哭—笑—不—得。

有一次街上又傳來補紗窗換玻璃的叫喚聲，她突然想起還沒問到這題。

「那是什麼？」

這就讓我有點不耐煩了。

「美奈子，」我正色說：「這麼簡單的事，妳怎麼會不知道呢？」

她總算聽出我的情緒，一頭霧水，愣愣地笑著。

下班回來的瑞修，可就不放過我，雖然默不吭聲，卻還是用他的眼睛緊盯著我的背影，這時如果稍有不慎，恐怕就會露出原形，於是為了繼續在他眼前示弱，我只好表現得更遲緩，好讓他相信這種狀態下根本不需要再對我攻擊。

不過只要關起房門，冷靜面對自己的時候，我還是會替他不留餘地的炮火找藉口：這麼年輕的三十歲，工作小有成就，婚姻又美滿，本該過著幸福自在的日子，而不是忙著消耗體內的冷暴力。如今他會這樣，自然是因為母親的死所引起，要是他都不知道事情的原委，恐怕這樣的日子還得虛耗下去。

但人的一生總有某些時刻是應該要軟弱的吧，靜靜躺在床上時，自然又會想起我在他這年紀時發生的事。那時我才剛進入大學，比一般正常學齡整整晚了十年，就因為這個差距而使我連愛一個人也裹足不前，每天腳步沉重，手心冒汗，走進教室裡總是躲在看不清黑板的最後一排，望著那女生憑窗而坐的背影發呆。

那是過了三十歲還未曾有過的愛戀，空有不曾宣洩的豐沛情感，雖曾鼓舞著自己放膽去愛，且也自認憑著工作的歷練和穩重，那學長身分的男友充其量只能在街頭上嘶聲吶喊，兩個不怕死的綁著頭巾坐在一起，在我看來好比就是學生運動裡的家家酒，根本不把他放在眼裡。

卻有一天，從一位學伴口中得知他的出身背景時，我就結結實實地被他打敗了。原來他只和我一樣渺小，台西海口人，就住在濱海末端最貧窮的偏鄉，而那個村莊對我來說卻又要命地耳熟，聽了心裡確實會痛。總之我就那樣屈服了。是我自己的軟弱個性造成的嗎？不能說是一種退讓的抉擇嗎？

只因為村莊後方就是鎮上的第二公墓，我十歲的姊姊當年埋骨的地方。

4

顯然我已經離題了。

我還記得瑞修泡了那壺茶第二天，果然就開著車子來載我，這天是阿雲不上班的星期四，我在他面前遲緩地帶上門，全都上了鎖然後回頭又打開，真夠謹慎了，明明推門進去並不是要檢查什麼電器插頭。那部車子熱噗噗地沒熄火，透過窗玻璃我看見他倚在車門旁抽菸，一身休閒褲和休閒鞋，就像等著我一起去打獵。

診間裡的護士還沒叫到號，他已早一步進去套交情，說了什麼當然聽不清，等我坐上了診療椅，醫生的表情已明顯充滿著體恤，就像賣手搖飲的女店員頻頻拉高的尾音：叫什麼名字啊？護士剛才有沒有幫你量血壓，兩隻手平伸起來讓我看看好嗎？

我一直低著頭是對的，正好看到他的心窩下方忘了扣上的孔眼。瑞修已在車上警告我，看病就要表現一副衰衰的樣子，不然醫生怎麼知道你非常需要他。

他這件醫袍上的孔眼確實有點大，很可能趕著上班前早已扣上，卻有個菜鳥護士跟在後面一直叫著蔡醫師蔡醫師，他一轉身那個鈕扣就滑出來了。

我緊盯著這個孔眼果然有效，因為這時聽見了瑞修極為興奮地附和著說，蔡醫師你看，最近就是這樣有點痴呆，以前……很幽默，也很健談，現在一句話都不想說了。

還好醫生就是醫生，就我所知，醫生並不隨便使用痴呆這種形容詞，說不定還更討厭陪病者幫忙診斷病情。沒錯，這位醫生不回答，只專注在鍵盤上敲著他所認知的症狀，打完字後他稍作說明，要我們再約時間來做進一步的心理測驗，目前只能先抽血，等數據出來再作判斷。

我走出披掛著薄幔的診間時，聽見醫生質疑著說，你還有什麼事？顯然瑞修還在那張小椅上，說話的語氣聽起來就像竊竊私語，而我知道他正在醜化我的病情。

回到家，啊啦媳婦拋來一個驚天動地的大哉問，「真的失智有嗎？」

瑞修一愣，瞪她一眼，但不說話，直接把藥袋丟給我。

但好像忘了一件事，他把我載錯地方了。

下午我是被他從老屋載出來的，怎麼還帶我來這裡，難道為了密集追蹤失智與否的數據，暫時讓我和他們住在一起？果然沒那麼好的事。他洗把臉出來，馬上看著窗外說：「吃了飯就送你回去，美奈子煮了很多咖哩飯吃不完，你帶回去明天當午餐。」

「明天是單數，阿雲會來煮。」

「你叫她不要浪費時間了，出太陽就把棉被抱出去曬一曬，還有房子後面那塊空地，過年前趕快利用時間鬆鬆土嘛，我是叫她養草嗎？種一些青菜不是很方便，隨便找個外勞都能把這種小事搞定。」

聽得出語氣又不太好，我不吭聲，乖乖掏出藥包配了溫開水。

就在這時，旁邊的媳婦沒頭沒腦又啊啦一聲。

「又什麼事？」瑞修煩躁地轉頭看她。

只見她已俯身蹲在桌底下，不知道找什麼，上身先往前挪，再倒退回來睜著大眼搜索。到底是短小精幹又柔軟的身形，爬起來時竟然有顆黃色藥丸捏在她手裡。

「下次吃藥時數清楚，幾顆就幾顆，醫院不可能會少給。」

他搖頭說著，不看我，只當家常話，一點表情都沒有。

人生多少事，就算做錯了都還能改，何況只是這麼一顆小藥丸。算我活該，掉得不是時候，真的不是故意的，但不就百口莫辯好像真的失智了？

◆

阿雲第二天早上來，我指著冰箱告訴她，媳婦做的咖哩飯很好吃，剩下的這些妳嚐嚐看，不夠的話中午我可以改吃麵。她可能已習慣我說了什麼不見得就是什麼，沒說好也沒說不要，點個頭又爬到梯子上，一看就知道還在丈量窗簾訂做的尺寸，顯然瑞修泡茶時那嫌惡的表情太傷人，讓她一直放在心裡，那時的茶桌上正好直射著西曬的陽光。

我說完打算又要出門，且在玄關穿上了鞋子，已想好上午先到街上逛逛，繞回來吃過中飯後再去走走後面的淺山。鞋帶綁好時，她特別又爬下梯子，搓著圍兜來替我關門，順便撿起暫時擱在地上的鑰匙，瞧著外面的天色說：「看起來會下雨，今天是不是不要出門了？」

上次也說過這樣的話。結果半路上真的下起了雨，幸好中藥房的騎樓下擺著一盤棋，我就看著那幾個老人鏖戰，黃昏將近時雨才停。還有一次出門時雨就下著，那時就很掙扎，撐傘出門像要去購物，不出門則又像個絆腳石，只好揀著不礙事的角落避開她，但也不能顯得太機敏，畢竟她都寫在報告裡，就怕不寫我笨，其他怎麼寫就隨便她。

既然只管呆痴就好，為什麼還要避開她。我也覺得多此一舉，硬要說個理由大概就是她還不夠老，有了這個理由就不能沒有第二個，她還不太可靠。難就難在這裡，不夠老意味著她還有股風韻，卻又是瑞修派來的臥底，我真不知道該怎麼定位她。

我聽她說會下雨，還真有點猶豫，結果剛走到遮雨棚外馬上吹來一陣風，雨真的嘩啦嘩啦下著了。我只好跑回來脫掉鞋子，趁她還在梯子上，趕緊三兩步溜進浴室拍著身上的雨水。沒想到才走出來她已等在門外，拿著那盤咖哩飯問我，問的卻不是咖哩。

「你們家只有三個人，為什麼還要分開兩邊住？」

我真想告訴她，這沒什麼稀奇，兩個人分開住的更多，就算只是一個人，其實也有分開住的時候，就像我現在的肉體和靈魂，在他們眼中不就已經分開了嗎？

顯然她並不知道我們家的事，大概也是唯一不知道的，所以我和她之間更沒什麼話題，若扣除掉她忙著做事的時間，再扣除掉我刻意避開的時間，見面機會還真的很有限，會有短暫的相處大概只有午餐。但也不盡然，我的午餐是在這間老屋的圓桌上，她則站在和爐具相對的餐台旁，那一長條人造石台面平常放著餐具、佐料和有時附近鄰居送來的高麗菜和絲瓜，吃飯時她就把這些東西稍挪開，只容得下她的一小碗飯，還有就是盛到我的餐盤後剩下來的一碟拼菜，貓吃的那種小口量。

我當然沒辦法回答為什麼會分開住，別人的家庭也許還能期待物質、親情或者否極泰來的命運，我們家遭逢的不幸只能說是晴天霹靂，純屬一種令人目瞪口呆的結局，若還能有什麼期待，那就是不要再有任何結局。

◆

半個多月後，我突然收到一封轉寄的信，收信地址是臨時加註的，被劃掉的是瑞修那間公寓的原址，可見他這陣子不會再來，要不何必轉寄這封信，開車送來只是很短的距離。

我拆開信就認出了賴桑的筆跡。去年離開時我把瑞修的地址抄給他，不過他早我一步，早就把他老家的位置寫在紙條上。他的字體好認，筆畫和他的為人一樣嚴謹，我們互留地址後並沒有機會再說什麼，他最後看到的我就只有揮揮手的背影，就像人家說的送葬後不可以再回頭。

賴桑終於也出來了。

我們曾在裡面許過承諾，誰先出來就負責以後擺一桌酒席慶生，不論多久都要等，一有消息馬上寫信告知。還沒看完信，我的眼眶就濕了，這是很奇妙的感觸。其實和他並不很熟，放風見了面頂多聊上幾句，但久而久之，那種黑暗中的心靈就是會特別靠近，好比就是一種內心深處的撞擊，當然，還有更相似的對人間事物的沉默不語，不必說什麼就知道對方好像已經聽見了。

賴桑的罪較輕微，只因為入監還不久，慢我幾個月才獲得自由。若要問他所犯何罪，大抵就是窮途末路上某一次的路見不平，把人砍傷了才被關進來。沒有人對他這種小罪有興趣，頂多在他背後指指點點，我就是從那些欲蓋彌彰的小聲傳遞中聽到的，原來他是第二次坐牢，年輕時關更久，是那種莫名其妙的思想罪，難怪我會在戚戚然的感應中注意到他。

但就算後來漸漸熟絡了，我也不認為應該多了解，思想出事並不像病毒會感染，身上看起來沒事反而才被怪罪在腦袋上，而腦袋裡除了長瘤還會有什麼紕漏嗎？卻就是會，聽說他只因為寫了一本書就被關了，思想上這種莫名的冤情在那年代不勝枚舉，在監的受刑人要是沒遇過或聽過思想犯，說他被關多少年沒人會相信。

信上說，他已在上個月底被釋放，第一個念頭就是前來拜訪，但因為以前的幾個團體約他餐敘，所以回老家祭祖後又得上台北，問我如果時間剛好方便，他就在北上之前先和我見面。信末並且和我約定了時間。

由於郵遞轉寄耗掉一些時日，他說的見面日期已近在眼前，而他沒有留下可供聯絡的電話，我只好趕緊動筆回覆，讓他放心我已收到信，且最重要的，我不得不透露搬家之事，還特別在信裡、信封上註明了新地址，以免他舟車勞頓卻又跑錯地方。

把信寄出時本來很開心，沿著郵局後方的落葉小徑往回走，還細數著風鈴木平均每一根的枝枒能開幾朵花。卻就在這時候，突然又讓我想起瑞修的心態，他總該知道我幾乎與世隔絕，難得來了一封親筆信，連這麼一條卑微的線索也把我劃掉，不就擺明已經把我整個人劃掉了。

回家後阿雲已在廚房煮好了菜，正在整理瓶瓶罐罐的餐台，見到我喊了一聲吃飯囉，發現我沒應聲，沒多久竟然悄悄跟在背後說：「很少看到你低著頭走回來，發生什麼事？」

我說沒事，妳做完可以先走。結果反而不走了。

窗簾裝上去了，對著窗子的樓梯口明顯暗下來。我才踏上一階，她已把燈開亮，來到平台轉角時，上頭的嵌燈也跟著一葩葩亮起來，可見她還跟在後面，於是我停下來告訴她，到這裡就好。

「那我寫下來，說你碰到了什麼麻煩。」

「就寫清楚一點，說他誤了我的事，簡直把我當成外人。」

「我也可以不寫，只要你願意讓我幫忙。」

「好吧，這附近妳最熟，如果我要為朋友慶生，去哪裡最好？」

就在平台上，我大略說了賴桑要來的事，她聽了幾乎不假思索，馬上推薦她兼職的那家日本料理店，那裡可以喝酒，又很安靜，也不用擔心朋友吃不慣，菜色都是台式改良版。

「那就幫我訂下來，兩個人，妳沒必要連這個也寫。」

她嗯嗯笑了笑，直接就把日期和時間記在本子上，總算幫我了卻一件事。

再來就只要密切注意賴桑的動態，萬一他並不知道地址已更改，到時只好跑到瑞修家樓下去攔截他，只能這樣了，整個下午就為這件事悶悶不樂，為什麼他要這樣對我，為什麼……

阿雲準備下班時，已把兩菜一湯擺上桌，我留她吃了飯再走，她還是沒說好或不要，但拿起鑰匙經過我的椅背時，突然在我耳旁留下了這句話：

「你一點都沒病，以後真的可以不用這樣了。」

5

遲遲不見賴桑的回信，見面時程又已逼近，遂使我在焦慮中不得不想到電子信的必要，若有一天非離開這裡不可，也不用擔心信件又有被轉寄甚至遺失掉的風險。

我一早打電話給瑞修，請他替我選購一台筆記型電腦，只要基本款就好，希望是黑色的，哪家品牌由他幫我物色決定。但他沒有馬上答應，只說他在忙，隔幾秒卻說了這樣的話：

「不過……，我是不是應該先問你一個問題？」

我補充說，只要能寫信、收信，不用講究什麼功能。

「你並不需要一台電腦。」他正在忙，所以這麼說。

「只要能寫信收信……」

「這沒問題，不能收信還叫什麼電腦，但是你並沒有朋友。」

「瑞修，我大部分的錢都放在你那裡，儘管領出來買。」

「你誤會我的意思，怎麼會是錢的問題。你有沒有想過，如果電腦不知道你的需求，這台電腦就會成為死電腦，至少你應該先輸入幾個朋友的名字，不然每天還是會對著螢幕發呆。」

「只要簡單好用就可以了。」

「我還是覺得，目前……」就這樣斷了線。

講完電話後我才發覺阿雲就在料理台旁，剛才並沒有看到她開門進來，事實上她經常還沒進來就好像已經在裡面了。房子年久失修又缺人氣，總有清理不完的粉屑和塵埃，難怪她隨時提著一桶水到處擦拭，雖然有時看不見人影，卻又時不時從某個角落傳來她又在擦拭的聲音。

當年為了結婚大肆裝潢的房子，經過多年震災水害種種的侵蝕後，拆掉表面材質就變成了這模樣，四周只有泥牆，和瑞修不斷吹噓多麼古色古香完全不同款。那時聽在耳裡當然只能暗笑著，年輕時拚著多少血汗才買下來，如今卻被他慫恿著回來這裡終老，人生到頭原來就是這麼蒼涼。

想太多自然又離題了。

剛才說到阿雲，她正在切蔥花。她的刀工特別細，速度又快，幾乎不讓你聽到她在切蔥花。看她這麼專注，應該聽不到我和瑞修說了什麼有失身分的話，但很奇怪，我就是覺得蔥花歸蔥花，她好像還是把什麼都聽進去了。

既然電話講完了，一站起來就得決定今天的去處，若在幾天前還能裝迷糊，呆坐原地拖個半小時都很自然，但自從那天她說了那樣的話，這時還真不知道如何才好，除了乖乖出門還能繞去哪裡。

但今天就是不適合再出門，右腳踝扭傷了。低著頭看著滿地的落葉和黃花，一不留神蹭到凸起的小石頭，往前趴下就蹭出了這模樣。寄了信太過開心又突然太過沮喪的緣故，不然以前也不至於這麼不小心，即使素那樣的事算在我頭上，也不能說我摔了跤，何況她已沒有機會爬起來，爬不起來的人生就沒有什麼好說的了。

我決定不出門，卻又不方便爬上爬下，只好找話題，很想問她今天午餐吃什麼，不然這房子靜下來真像一間冷廟，說個話就算沒人搭理至少都還有回音。我趁她轉身時瞄了她幾眼，才知道她看起來高挑是因為瘦長，捲著袖子的白襯衫應該是店裡的工作服，搭一條不太緊的牛仔褲，黑球鞋，最多四十來歲。

我還能看到的只有她的側臉，冷冷白白的那種戒備，要聽她開口恐怕還得等到午餐弄上桌。平常她都站著吃，斜倚著料理台，喝湯時才稍稍把臉放低，就著舀起來的湯匙喝它一口兩口，唇角咂兩聲後遲遲含在嘴裡，不知道的人還以為她在刷牙還沒漱口，隨時會把嘴裡的吐掉。

這時她的手總算停下來了，指頭修長不太有肉，這才讓我想起瑞修要求她種些蔬菜的事。種菜就得先鬆土，問題是那塊空地早已荒廢得堅硬如石，怎麼派得上她做這種粗活。聽說在店裡除了幫點廚事還得負責擺盤、備菜，碰到師傅請假還要出來串場捏幾把握壽司，這件事瑞修又不是不知道，他連這雙手也不放過，還有什麼好說的。

於是就在等著賴桑回信的這天上午，我在屋後撩起了褲管。

鐵絲網內雜草叢生，幸好天空半陰半雨，加上連著幾天累積不少雨水，土壤鬆軟潮濕，頗適合使用圓鍬鬆土，只要兩手合力扶在頂部，憑著腳底踩住下端的刀緣，一聲令下，馬上就能感覺到鐵鍬已深入土壤，同時發出像是收割高麗菜時那種飽滿又清脆的碎裂聲。

扭傷的右腳比較麻煩，由於不能使力，寒流的肆虐中更像一截冷肢，腳踝根部凍到連痛都不知道痛，只好讓它垂在地上隨著右腳拖行，反讓手掌的受力加重，虎口慢慢滲出了血絲，一拋開握柄馬上蔓延到掌心。

午前暫且收工後，洗了腳再把褲管放下來，神不知鬼不覺。

空地雖然緊連著廚房，並沒有小門相通，只能沿著屋側的水溝再往回走。回到圓桌上吃著午餐時，竟然就盯著緊鄰空地的這面牆，生怕它突然長出破洞，事實上阿雲都塞著耳機吃飯，應該聽不到圓鍬掘土的聲音。

午後太陽還是沒有現身，兩側鄰房的缺口不斷灌來颯颯的風，整塊空地已被我翻遍了，傍晚時隆起的兩壟黑土已漸成形，只剩田壟中間還沒清出導水的過道。可惜時間已晚，快下班的阿雲將又在門外探著頭，只好趕緊又從屋側繞出來，像個無事人回到門口。

出獄以來，覺得總算做了一件有意義的事，若是瑞修所差遣，可就不會做得這般心甘情願。那麼，究竟什麼動機使我願意這樣，雖然說不上來，但確實是為了讓阿雲好交差，而真正使我感觸最深的也是她，在這越來越沮喪的日子，只有她知道我最清醒，我想這都因為她只是個外人，離這個家最遠，反而才看得見誰的心靈破碎，誰過著彷彿只剩一個阿雲的日子。

◆

如我所說，終於來到了我和賴桑見面的日子。

我等到早班郵差走了之後，總算確定賴桑沒有收到我的信，這時反而鬆了口氣，快到下午四點我就動身前往瑞修家的方向，只要賴桑依約前來，我帶他去到阿雲店裡的時間應該還是綽綽有餘。

在他家樓下等了半小時後，等到的卻是美奈子，顯然她剛從對街的超市走回來，兩手抱著從她胸前冒出的大蒜芹菜整包的綠葉，來到騎樓下仰起頭才看到我。

「啊啦。」她愣了一下說。

「我來等一個朋友。」

幾點會到呢？她說著比劃著，要我到樓上等，客人到了管理員會通知。

我想也對，還要半個多小時，而騎樓下簡直像個冷冽的風口。我一上樓就跑到客廳外的陽台，從這角度俯瞰對面的街廊清清楚楚，四點半後，難得還有微薄的陽光，若有人走動一目瞭然。

等待的中途我去了一趟廁所，才發現我住過的育嬰房已變成儲物室，難怪門外四周的雜物已清理乾淨，看來我真的是累贅，搬走後空氣舒爽多了。但我也不至於太感傷，買個大房子談何容易，年輕人想要擁有自己就得放棄別人，哪怕是自己人，時代環境教他們這麼做的，只能怪罪經濟社會就是這麼薄情。

啊，賴桑。我在心裡驚呼著。

我看到人了，但不確定就是他，普通身材相符，卻戴著往前壓深的棒球帽，額頭掩在陰影下，兩眼平視著，看那樣子是要轉往別處，卻又在騎樓外停了下來，掏著口袋像在摸零錢，果然又走到雜貨店門口的公共電話旁。我趕緊轉頭看著餐桌旁的啊啦，她還坐在那裡低著頭揀菜，並沒有電話響起的聲音讓她站起來。

直到我跑下樓，他已經又回到正對面的騎樓，和剛才一樣的角度望著我這邊的門牌。應該就是他。我朝他揚起手，揮了幾下才抓住他的視線，這時他的樣子就不再那麼猶豫了，自嘲地晃晃他的腦袋，帽簷歪了一邊，然後讓開了路上的車子，跨著大步朝我這邊跑過來。

我對剛才看到的景象特別感到心痛，因為好像也看到了我自己。剛從那種地方出來的都會這樣，尤其那些冤獄受刑人，那種遲緩又生疏的舉止其實也是對人世的不信任、不妥協和不放心，連一通公共電話都不知道怎麼打出去。

去年這時，就是過著這樣的日子。

◆

呵——呵呵——呵呵呵，帶著節奏的賴桑的笑聲。

「剛才管理員說沒有這個人，我還以為自己搞錯了，才想到應該先打個電話才對，原來你真的住在裡面。」他說。

他摘掉帽子露出微禿的前額，臉上看起來更風霜了些，眼裡雖然還有溫厚的神采，卻也難掩一抹憂傷那樣的暗影。我問他這幾天跑了幾個地方，因為他曾告訴我，第一次出獄時所有認識的親友都不見了。

「老家還是冷冷清清，原本以為幾個親戚願意和我見見面，沒想到都在忙，我只好提前北上，這幾天就在那邊到處晃，也參加了兩場座談，今天就是直接從那裡趕過來的。怎麼，你寫信給我，是打算要取消這頓飯嗎？」

他的嘴角苦笑，剝開了一顆銀杏果塞進嘴裡。前菜剛送來，我順便要了兩壺清酒，店裡客人連我們只有三桌，板前後面的牆上播著日本歌星的演唱會。

這是我們第一次坐在餐廳，看來還不太能適應，螢幕那邊只要唱到高音或稍微悽惻的曲調，兩人不免就抬起頭掠它一眼，再回到等著對方說話的相應狀態裡。其實在獄中，賴桑的沉默本來就出了名，難得聽見他開口的時候必然就是低沉的嗓音，卻也不因為輩分高就被尊稱為老大，平常他都不管事，有人在旁吵嚷鬥毆好像都和他無關。

看他滿口塞著山藥料理，突然就想起他曾告訴我的，被刑求的經驗使他養成一種習慣，只要是配有饅頭的早餐，他都會留一大口藏起來，等它變乾硬後用來塞嘴巴，這在強忍著劇痛或想要抑制嚎哭衝動時非常有效，只要塞進嘴裡就很難吐掉，而鼻子又不得不猛吸氣，很快就能把什麼情緒忘得一乾二淨。

那時我沒有什麼話可以和他分享，只說了一個小故事。小時候父親曾在屋梁下綁了個繩圈，然後跨到凳子上，剛好被我看見他伸進繩圈裡的那張臉。那時我還以為那很像一種自得其樂的照相遊戲，直到他發現我正在看著他，才趕緊從凳子跳下來。等我長大後，總算知道了那是什麼，有時潛意識裡竟然也想要學他，尤其特別感到悲傷絕望時，一股莫名的衝動就會像鬼一樣，慫恿著我把頭伸進那個圈套裡……。

我記得賴桑聽完後在我膝蓋上捶了一拳，然後像兄弟那樣攬著肩膀輕輕搖晃了幾下，那其實是我一直強忍著傷痛的時刻，卻在那樣的搖晃中又勾起了更多的記憶。

「杏花開了嗎？」

「咦，什麼杏花？」我納悶著說。

「剛才車子經過的小公園，被我瞄到種了幾棵杏花。」

杯子見底了，我又替他斟了酒，聽見他還自語著：「希望是白色的。」

我只知道風鈴木開著黃花。白色杏花讓他想起什麼，聽來就很滄桑。

「賴桑，再來你有什麼計畫？」

「呵呵，先等到明年的杏花開。好好活著再說吧，你早我半年出來，應該是我問你才對，我記得你說要回去老本行。」

我默默搖著頭，他一看就知道了。

「我在裡面外面聽到最多的，就是回不去，哦，真的就是回不去。像我這種為了什麼人權自由拚過命的，自以為對這塊土地有什麼犧牲奉獻，結果呢，監獄把我放出來，外面的世界馬上又把我隔離，反正新時代就是會把舊的遺忘，那些正在享受自由的，糟蹋的也是自由。」

演唱會上響起如雷的掌聲。

「對了，你出去沒幾天，發生一件事，有人半夜鬧房被架走，兩個獄卒拖也拖不動，那傢伙掙脫不開就用喊的，整條通道上都聽得到你的名字，一直喊著你這殺妻的可以假釋，他這殺豬的為什麼就不行。」

菜來了。

木頭窗子一格霧玻璃一格清玻璃，看得出去的門扇呈現著兩半模樣，兜起來才發現街上正在下著雨。阿雲給我的菜單上第三道是手釣鮮海魚。賴桑舉起杯子謝我的酒。燈色有點黯淡了。他說從來沒吃過這麼新鮮的海膽。演唱會來了三個女的，中間那個揹起吉他。半開放的廚房有個很像阿雲的女子別著白色的小帽。我和那殺豬的不同是因為我並沒有殺豬。

賴桑更沒有殺人。說他是思想犯，又有幾個知道那是什麼思想。

一趟洗手間回來時，賴桑的毛巾擦著手，問我在想什麼。

「不管以前你做了什麼，我就是對你特別好奇。」

他盯著我看，繼續說著，很不可思議那樣，「我才進去沒幾天，聽到的就是你的事，說這幾年都不見任何人。幹，見不得人？當時我第一個反應就是這麼想，關在裡面的人誰不期待還有人來關心，就只有你把人擋在外面。後來那個女的，聽說已來過兩次，來了第三次你才問我應該怎麼辦？哈哈，怎麼辦，當時我是怎麼回答的……，我想想看，反正就是，奇怪，還真的想不起來了，你自己記得嗎？」

「你說我應該見她……。」

「結果還是不見，那次算我白勸你了。」

「賴桑，你怎麼又提起這件事？」

「今天就是要來告訴你這件事，座談會上，我遇到她了。」

就因為這意外插曲，我們再續了兩壺酒。

窗格外靜靜下著的雨，九點過後間歇落在門簷的浪板上。

座談會結束，賴桑說，他和幾個舊友來到會場外，看著大家都散了，才發現一個女子還守在階梯下，主動上前來報她自己的姓名，林重櫻，說她從座談會的宣傳海報上看到他的名字。

「我問她怎麼知道我，才說到你曾在給她的信裡曾經提起。喂，你不見她，卻又和她寫信，這就怪了，原來你們早就認識。」

「沒見到面，她就開始寫信，一直到出獄前幾天還收到最後一封。」

「最後一封？所以你出來後就把她斷訊了？」

「是這樣沒錯，我沒辦法面對她，也不想帶給她困擾。」

難怪了，賴桑說。他自己斟了一杯，這次喝到底。

「那怎麼辦，我今天就是帶著她的口信來的，想不想聽？」

一股不自覺的什麼，從我的喉底嗯一聲出來，訝異超過驚喜。

「如果你還是要避開她，我就把話收回，根本不需要轉達。」

「賴桑，你可能不知道我身上的一種無望感……」

「這我最懂，那種無望感其實也很怕我，感到無望的時候我就去釣魚，拚命釣到天亮，再把釣到的魚一條一條丟進海裡。這不是為了放生，我的想法更瘋狂，就等牠們回來再讓我釣上岸。說真的，到現在還沒碰過其中一條游回來，不是因為海太大，而是連一條魚都知道不能再受傷。」

他不放棄那盤冷掉的烤銀杏，又連剝兩顆丟進嘴裡。

「老弟，我們是來慶生的，你總該比得上一條快樂的魚吧。」他接著把手指頭一敲，「對，還是我的記性好，想起來了，那時我對你說，見見她又怎樣，至少在這個世界上……」

對吧對吧，他朝下勾起臉，盯著我的眼睛看，又呵呵笑著。

那別著白色小帽的女子背對著我們，廚房口這時滾起了一鍋油，等她一轉小火，沸騰的聲音便噤下來，然後才又慢慢甦醒，像千百個氣泡在油鍋裡輕輕跳躍，逐漸蔓延一片，到處都是此起彼落的呼喚聲。

後來我再也忍不住。「賴桑，剛才你說，她要你帶來什麼口信？」

這時他不笑了，端坐起來舒口氣，正色告訴我：請你愛她。

第二章

1

你可能還沒聯想起來，賴桑帶來的口信裡這位女子，正就是二十多年前即將畢業的那個大學女生。前面我曾約略提到她，也毫不隱瞞在那差距十歲的尷尬處境裡，為了滿足內心的愛慕，只能坐在教室偷偷望著她的背影，而她就是賴桑口中的林重櫻。

當然，你很難理解以她的資質條件，尤其還有個磊落的學運身分背景，怎麼可能和我有過太多牽繫。可就是這樣，我第一次看到接見名單上出現這三個字時，坦白說，宛如遙遠的他鄉偶遇，隱隱然一股壓不住的悲喜悄悄降臨。第二次又發現她的名字，雖然已過了三個月，但那怦怦然不知如何才好的情緒依然強烈鮮明，且就算拒絕了她，還是強忍著哀傷寫進當天的日記本。而當她第三次又出現在名單上，由於當時我剛認識了賴桑，覺得他在某些特質上和我十分相近，便把一直困惑著的這件事拿來請教他。

那天晚上賴桑一直想不起來的那句話，其實當時的我早已寫下來。

——見見她吧，至少在你的世界裡還有這個人。

但我也不妨直言，重櫻小姐早在畢業第二年就和她心儀的學長結婚，且婚後至少半年，我還曾看見她在街頭運動中和夫婿緊密相隨的身影。諷刺的是，這逐漸和我無關的訊息，卻也從此成為了我的人生中難以挽回的命運，這是往後我會再詳加說明的。

重櫻小姐連續三次探監未果，從此開始和我寫信，每兩週或半個多月一封，一直寫到我出獄為止，為時四年八個月。她的來信雖曾傾訴自身處境，但主要還是聽取我的故事，再從故事中分享她的心情，當然也不乏對我所犯案情的高度質疑。而以回信的速度來說，往往我還沒寄出，她的下一封信已準時到來，遂使我逐漸意識到寫信已成為她的精神所繫，這個發現非同小可，想到若有一天我被釋放，而她又要求見面，難道那時我就有勇氣面對嗎？

◆

容我先把那天晚上醉醺醺的賴桑說完，十點過後，我扶著他走到車站時，才發覺他唯一用來禦寒的夾克，連拉鍊都壞掉了。我因而鼓起勇氣在他口袋裡塞了一些錢，卻很快就被他發現，他的反應錯愕驚恐，使我懷疑自己是否做得太不得體，可是在那冷風強襲的站牌下，我又能做什麼，我能做的也只有將他頻頻掏挖出來的錢再塞回去。你若仔細觀察晚風的走向，不難發現像水一樣的清光從他右臉頰閃了出去，那不是入夜後一直下著的雨水，而是一個凡夫俗子湊幾個錢把他催逼出來的感慨之淚。

那麼，我是否也順便把酒後第二天的事說完。

可能你會發覺我這個人有點瑣碎，但如果你也五十多歲，或已進入四十歲後的小中年，你將不難體會賴桑這種人帶給我的惆悵感，那是一個男人難免會有的感傷，突然想要找個人說話，掉幾把眼淚，流光身上的汗水，看看能不能把壓抑的自己一次釋放。

所以這天一大早，我拖著傷腿又鑽到屋後的空地上。

這次我改用鐵耙對付那兩壟黑土，將它們翻攪一遍，撿拾不斷從土壤冒出的大小石頭，全都撿完後再把土壤耙順，然後從上次預留的邊溝上鏟出像樣的蹊徑，直到覺得瑞修看了應該會滿意為止。

我這樣拉雜地穿插交代，看起來是有點不安，好像有什麼事即將發生，或者其實早已發生才使我變成了這樣。沒錯，我確實一直感到惶恐，出獄後非但不得清淨，反而周遭的人再一次把我判刑，這是當初進去時不曾想到的。最淺顯的例子莫過於以前相熟的鄰人，不小心碰到時對方馬上低頭閃過，不然就是下巴一落代替點頭，頂多再從鼻孔哦哼兩聲。年輕輩的較不那麼狡猾，還能停下來應對幾句，但很快就被家人叫走。

這樣的困境中，更顯得重櫻小姐就像濃霧中發亮的露珠。

然而就算賴桑帶來的口信屬實，那麼，我除了感到無比欣慰，以後又能怎麼面對她，我是否應該先把腦海裡的混亂世界重新理清，尤其對我而言女性的世界。

在那不算短的刑期中，除了重櫻小姐，來探望我的只有三個人，一個是我大弟，他代表家人包括我母親；一個是開畫廊的友人；另一個則是平常負責展店業務的執行長。會面不成後他們都改用書信。我在回信中叮嚀大弟多多陪伴老人家，並以豁達語氣請他們等待未來的團聚。藝廊這朋友則受客戶重金委託，打聽到我有某件朱銘木雕的收藏，我簡略告訴他早就在缺錢時賣掉了。

我給執行長的回信則較詳盡，交代他開始重整各家分店的營運，只要有虧損或租期屆滿者一律結束營業，其他分店若有盈餘則提撥半數分享員工，其餘再交由我兒瑞修代為統籌運用。

若以親疏關係來看，最遠的莫過於重櫻小姐。

但很意外的是，她也最讓我感到不可思議，以前再怎麼思念也談不上的愛，反而藉著後來的書信重建了深厚的情誼。當然，她的第一封信寫得相當矜持，解釋她的求見只為進行訪談，想以我的特殊案例作為論述基底，用來印證她對男性角色的另類觀察，而凸顯所謂的「被過度刻板化的結構性問題」。

也就因為曾有同窗這層關係，加上揮之不去的苦澀情愫所感染，所以我雖然不想見她，回信倒是寫很長，以我當時容不下任何人的孤絕狀態而言，她可說是唯一讓我還能回顧過去的人。何況我也認為，大學那年，是我生命中一個相當曲折的轉捩點，那個分水嶺甚至可堪稱為命運，假使連這個回憶的入口也被我封閉，以後的我也許只能進退在兩牆之間，然後等待窒息。

我的回信是隨手拿到紙就直接寫下來的，多潦草就不說了，不像後來為求慎重，總在本子裡先起草，拿捏著什麼可以說，什麼又是不該讓她知道的，寫好再慢慢謄到信紙上。我已忘了那次回信所透露的程度多寡，但可確定滿足了她的好奇心，也可想見她將如獲至寶，應該想不到我會把她當成傾訴對象，在那暗無天日的世界裡說著素的故事，包括素的出現、素的殞落以及後來殘留在我心中的身影。

◆

那時我已服完兵役，回到了最熟悉的鐘錶業，在一家連鎖鐘錶行任職。由於長期浸淫在那種刻不容緩的行業特性中，早就適應時間就是金錢的鐵律，全身繃緊各種發條：有急著創業的發條，想要有個家的發條，把守寡的母親從鄉下接來享福的發條；更有個發條是朝著只能想像的境界持續在運轉的，那就是：

我一定會出人頭地。

我滿腦袋裡都是別人浪費掉的時間，每晚入睡前想的就是能不能更早一點醒來。二十歲我已深諳各種行銷口條，服務熱忱尤其細膩貼心，只要從我手上成交的顧客，都曾看過我鞠躬彎腰九十度的身影，那是從我父親學來的卑微，他在潦倒時賣著一碗十塊錢的高麗菜飯，客人走了還守在那離去的背影中說著謝謝，有時甚至重複到像在喃喃自語。

我是在退伍不久被總公司叫回來的，原本打算回頭念大學，但那時父親已病重，弟妹們都還在就學，而我母親除了做些繡學號、改褲子的零星裁縫，還得兼差回到以前受雇的老醫生那裡做雜役。

當下我毫不考慮就答應回來復職，所想既然只懂鐘錶，不如就以終身行業作為奮鬥起點。而素，這個二十一歲女孩，就在這麼奇妙的機緣轉折中出現了。

人的一生中總有某個重要時刻是注定會來的，而它好像為我靜止在當兵那兩年的歲月裡，直等到我退伍才又開始運行，然後在所謂的命運那一刻，從店門外的那條街上飄飄然降臨。

當然也不是說來就來。

那段期間我正忙著分店的開幕宣傳，由於母親節的促銷業績大有斬獲，公司把我升任為新開幕的分店長，創下連鎖體系自展業以來最年輕的晉級楷模。我能有此殊榮，莫不就是家貧重擔和長期的無形鞭策所致，高中同儕們早就念完大學往更高學位深造而去，而我每早醒來馬上騎著機車出發，在方圓五百米內的街巷發送開幕特價傳單，連續幾天疲勞轟炸後，就等著開幕這天能夠大放異彩。

果然社區住戶們都被我喚醒，當天上午一個個魚貫而入，雖然大多是來喝雞尾酒領贈品，但詢問玻璃櫃內的陳列品項者也不在少數，我焦頭爛額穿梭在亂哄哄的人潮中，才發現人手不足的嚴重性，當下就在騎樓柱上貼出了徵求助理的大字報。

這個日子，我甚至在寫給重櫻的回信中特別提及。

因為，素就在這天傍晚出現了。人潮散去的街道上，下著雨。

她撐著雨傘過街來，在店門下的桶子裡收好她的傘，腳下那雙鞋還在橡皮墊上蹭了幾下。這種動作只常見於一般人的家門口，很少客人會在進門時踩得那麼乾淨。我不免多注意了她幾眼，穿一套秋冬樣的長洋裝，衣服掩不住臉上那股稚氣，下巴微抬起，睥睨著不想看人。

她進來後二話不說，只看男錶款，指名勞力士。我看她買不起，不動聲色，循例拿出兩款，妥妥貼貼呈在絨布上。她一拿起就準備戴上，骨骨的手指卻不聽使喚，該怎麼套腕還不懂，左右都拿反了。

我好意問她打算買給什麼年紀的長者用，不回答，反覆看了又看，最後挑起銀白色的基本款，直接問價，頗像有備而來。

我敲著計算機順便告訴她，慶祝開幕一律八五折，算後六萬三，尾數幾百幾十的就沒跟她說了。她還真的打開了皮包，手指頭伸進去撥了幾下，停下來問我能不能再減，能有多少優惠就盡量給她。我說，乾脆就一口價，整數六萬，再減就等著看我被炒魷魚。這時她又把皮包扳開一些，直探到底，像要取信於我，只差還沒把裡面的全部倒出來。

「我最多只有兩萬多。」她說。

天邊和海角畢竟還是不同的。平常如果遇到些微的拉鋸時，我會搬出員工價或店長權限等等噱頭；若是差距稍大卻又很想賣的時候，也會作勢打個電話給上層，再勉為其難順個勢成交。但像她這樣連一半價錢都湊不上來的，只好跟她說聲謝謝了。

她在絨布上把手錶往前推給我，滿臉無奈卻也不含糊，一轉身就走了出去。

我跟到門口目送，一樣九十度歡迎再度光臨。

但可別以為她就這樣走了。我回到櫃檯收拾著那兩款錶，朝外一看才發現她還站在那裡，原來這時的雨下得更大了，她撐開的那把傘鼓著飽飽的風，一會兒往前，一會兒翻到背後亂竄著。

客人出門還站在原地的例子當然有，歐巴桑最多，殺價不成氣虎虎地奪門而出，等我跟出去好聲好氣請她回頭時，才又笑得合不攏嘴跟我走進來。這回我並不是不願這麼做，差太多就是很難談得攏，若是跟了出去還以為我已經同意了。

何況只因為下著雨。

幾分鐘後還看不出雨勢會轉小，我只好交代黃助理泡了杯熱茶端出去給她。

她沒拒絕，收了傘退回到騎樓柱下，一口兩口慢慢喝著，沒多久拿著杯子回來店裡，卻說了這樣的話：

「你們在找助理，那我可以嗎？反正我就是要買下來。」

我以為她只是在表達強烈的購買意願，尋我開心而已。不過如果她當真，我也不至於馬上拒絕，論外表條件十分得體，年紀和反應也很適合，若再想到明天將又要忙得團團轉，這傍晚入夜如此現成的人選能不趕快決定下來嗎？

但以徵員條件來看，她連說話都沒耐性，臉上也沒有親和的溫潤感，說穿了就是一臉冰霜。而且看起來這種女生是不吃苦的，出身一定是有錢人家，窮孩子都能從眼神看出敏捷的專注力，哪有這種什麼都無所謂的樣子，光一副「就是要買下來」的神氣，這個差事能做多久，覺得好玩罷了。

我只好隨口說：「做助理不比當客人，沒有一點笑容怎麼行。」

沒想到竟然對著我笑了起來。沒看過那麼會笑的眼睛。

◆

連鎖店規定穿制服，男的固定一件白襯衫配黃領帶，天冷再加一件藍背心。

女生同款式，長褲改為灰短裙，膝蓋以上十公分，搭配一樣藍的小背心，不穿背心時當然就是白衣灰短裙。

第一天量制服就聽到她嘖有微詞，問我能不能選色，我只能讓她知道穿制服不比上街買衣服，妳要挑個大紅裙不如自己去開公司。她聽得懂，卻就是要聳聳肩，害我開始納悶為什麼急著錄用她進來。給她的勤務項目沒幾種，開門進來說您好，開門出去謝謝光臨，再來就是倒茶接待行禮如儀，沒事時守在客人右後方，若有斟酌不定的錶款需要跟她借隻手，她才上前來輪番戴上幾款，顯顯對方想像不到的光彩。

就這樣，一個星期過去了，這天午後一室悶熱又沒客人，兩個同事也被我交託了幾筆現金款項跑銀行，店裡頓時靜下來。她卻提出了非分要求，要我開櫃讓她再瞧瞧那只勞力士。坦白說這就是犯忌，管理這種高檔門市豈能胡來的，客人在時盡可以錶來錶去，一旦客人走了呈現著清空狀態時，無緣無故拿個高檔貨出來搓搓摸摸就是有嫌疑，這是一種界線，就算沒有明文禁止，反而更應該謹守分寸。

我只好問她，這勞力士對妳的意義究竟是什麼？

她才說，原本打算當父親節禮物，看來只好延期，改到生日那天。

以她這年紀，怎麼說都是大手筆。我馬上想到的是自己的父親，他拖著病身擺攤時，吹在腳下的那台暖風扇還是我送的六十大壽禮，沒想到他捨不得用，時不時在那瑟縮的冷風中拔下插頭，咳起來時才不得不又把電源打開。

妳如果懂業務就好了，拿績效獎金來買還比較快。

當時我只是隨口說說而已，她聽了卻頗振奮，好像替她破解了難題。

「真的有獎金嗎？店長你怎麼不早說，我來做業務應該可以的，讓我試試看不就知道了。」

這只錶大概讓她想瘋了。試用成績好否尚待觀察，何況才來這幾天，根本還沒練到什麼基本功，客人交給她無疑就是擺明生意不做了。若要勉強讓她上櫃檯，旁邊還是要派個人跟著，頂多當她是一朵花。

◆

從她打起衝業績的主意，當下就開始猛打電話，那些號碼都是從她的冊子裡翻出來的，一通說完又接一通，所稱對象不是阿姨就是乾字輩的姊姊妹妹，先寒暄再求救，說她被環境所迫不得已，你們想要救我就趕快來，但是不能讓我家人知道喔……。聊到一半進入了忘我境界時，哧哧笑著搖晃著，甚至還有要死了、你神經啊……這樣的混搭語，說得口乾舌燥後，一天就讓她這樣說完了。

誰想得到，接下來連續幾天，突然上門的來客異常多了起來，一進來就指名找她，個個一見如故，拍肩握手之餘接著話家常，有的甚至和她抱著跳著，同樂會那樣。氣氛熱起來後，她就帶著她們坐到沙發上，回頭再來櫃檯拿幾本精品目錄，眉眼間得意得很，只差沒對著櫃檯哼出幾聲鼻音。

沙發上嘰嘰喳喳的這一群好不熱鬧，對著目錄指指這個或那個，那津津樂道的樣子就像已經準備好要點菜。平常這種場面最讓我存疑，熱鬧過後通常不會有什麼好結果，大抵就像看完了工地樣品屋，各說幾句漂亮感動的讚嘆就差不多要開溜了。

不過來者就是客，何況很少有這樣的場合，兩個櫃員忙著奉茶端咖啡，我也不敢等閒，背著兩隻手靜候在得體的位置上，看看她們掉了什麼小東西趕快幫忙撿起來。

這還不只一天光景，連著好幾天都有她的親朋好友來，當然也有幾個是來敘舊的，有的直嚷著好久找不到她，有的勸她還是趕快回家吧，聽來很不尋常。

但業績數字就是會說話，光那幾天盤點下來的結果，當紅的十八K金紅蟳一口氣賣出兩只，星辰錶三只，歐吉桑最愛的精工錶火紅到必須調貨才有，至於牆上掛鐘那些喬遷用的應景物，一看到就指指點點要求裝盒子，簡直像是打包炸醬麵酸辣湯。

網路還沒通聯的那時代，她打出去的電話對象應該都是有錢人，口袋裡有錢出手就不眨眼，怪就怪在她又憑什麼能一呼百應。後來我才恍然大悟，原來她還不只是個富家女，她父親的名號更響亮，地方派系裡的明日之星，聽說整個家族從日本人進來時就開始發跡，除了大量土地和農田，目前還握有好幾個宮廟，連農漁會都有他們一掛的足跡。

我從哪裡知道的？幾天後，勞力士刻上了她父親的名字。

2

良厚學長：

你的信讓我回味良久，心裡也充滿喜悅和溫暖，相信你能體會，一個被拒見三次的人早該心灰意冷，要是沒有一股真摯的心意在支撐，怎麼還能厚著臉皮改用書信和你聯繫。

我的任務純粹依循著社方擬出的議題，如果哪天這議題被要求轉向，或許還較輕鬆，不必再受困於所知有限的事實，繼續對你沒禮貌地窮追猛問。可是話說回來，如果未來真的徒勞而返，社方收回我的任務後，到時我真不知道該怎麼應對？

這就是我想在這封信裡坦白告訴你的，良厚學長，我不僅不想放棄，還打算以原題目的寫作計畫去申請研究所。雖然我已不年輕，但如果能把它寫成合乎真實又能兼容情理的論述，對我而言應該是更有意義的自我實現。

你肯透露和妻子的過往，還願意從最細膩的角度談起，尤其當你寫出了素的形貌，那麼率真稚氣又不失優雅，我相信內心深處的你還是愛著她的，這更支撐著我從一開始就相信著的信念，如果你是加害者，面對那樣悲傷的往事，怎麼可能還願意為我從頭說起？

我很好奇，也非常期待你還會再來信，讓我知道一個剛開始的好女人後來都是怎麼陷落的。就像我也一樣，多年來我一直活在理想幻滅後的陰影裡，走不出去，也沒有勇氣面對未來，更不敢奢求生命中還有個標竿在前方指引。而那個人也許就是你。等你說完了她的故事，說不定就換我來說說自己的故事，一個女人的最初往往都是最美好的，女人的一生除了被描述，你認為她還有屬於自己的聲音嗎？

刻上名字的勞力士，漂亮地裝在盒子裡，她看了還不滿意，臨時又跑到文具行買了一卷更亮麗的紋彩紙，就在櫃檯上有模有樣地包摺起來。在她手邊還有個寫了地址的郵政紙箱，盒子放進去不忘附上了一張卡片。

我瞧那地址，離我們店裡最多只有五公里。

也就是說，她並不打算回去慶祝父親節，卻寄了這份最大禮。

若不是逃家女，還有什麼不便之隱？我回頭看她交出來的那張簡歷，大學沒念完，兩年來已換了四個職業，最近的一次是賣保險，時間在這些轉換之間都折騰浪費掉了。那麼，她這臨時起意的工作恐怕就更短暫，我不得不開始擔心自己的錢——勞力士算是成交了，買錶的錢卻還差一半以上，本來要求掛在帳上，等業績獎金撥下來再做銷抵。我說哪有這樣的事，初來乍到的新手若是都玩這種把戲，我這店長豈不就是靠一疊呆帳做起來的。但又不能不顧情理，店裡的生意平白一部分是她貢獻來的，再怎麼說也得講點義氣，情急之下，我只好拿自己的錢悄悄幫她墊下來。

禮物寄出後，上門的客人果然又明顯變少，她也不再那麼有精神，垂萎地勾著臉想事情，要不就是注意著外面的動靜。我只當她是累了幾天，並不對她一板一眼，但也不容許她時不時空望著牆上的掛鐘，這多像發著呆，客人上了門若還不知收斂，要人家買什麼都沒興致了。

「店長，我們這裡的時鐘只有美國時間嗎？」

我指指邊角上的圓形鐘告訴她，除了美國，也有英國的時間。

「巴西大概是幾點，現在？」

據我所知，我說：「應該是美國時間加二吧，大不了加三……」

「店長，你認為正確的時間那麼不重要嗎？」

◆

我後來才知道，巴西幾點幾分為什麼對她那麼重要。原來她有個青梅竹馬，這小男友即將隨著家人移民巴西，而她也受到他們邀請，甚至為她買好了單程機票。這件事被她父親發現後，把她關在房裡整整三天，直到確定飛機離境才放她出來。父女兩人決裂，這只能算是又一個引爆點，終於加速了她的逃家計畫，這年十八歲，半工半讀剛考上大學。

她是在小酒館的吧台上告訴我的，三杯調酒後改喝威士忌，臉色從白喝到暴紅，每說一字半句就醉醺醺地搖晃著。這是勞力士寄出後發生的事，就在入夜不久接近打烊時，早早拿著皮包抵在櫃檯，神秘兮兮地說了這樣的話：

「店長，有一件事很重要，你想聽就跟我去喝酒，要不要隨便你。」

「什麼事？」

「當然去了再說。」

這家酒館是她找的，酒也是她挑點的，我的一杯還沒見底已呈半暈，比起來當然是她好酒量，至少還有酒膽，看我伏在桁子上，靠過來貼在耳邊說：

「店長，以後我就不叫你店長了喔，直接叫你良厚可以嗎？超好笑，怎麼取這種名字，良厚你聽好，今天晚上我正式向你辭職，明天不會再來了。」

我迷迷糊糊算了老半天，提醒她，上班還不到半個月。

「有什麼關係，你不希望我被抓回去吧，不被打死才怪。我爸到處有眼線，去年就是沒注意被跟蹤，派人把我載到宜蘭鄉下，要不是那天晚上發高燒，還真沒機會從急診處溜出來。你想想看，我通知那麼多人來幫忙衝業績，不出事才怪，現在回頭一想才知道可怕，他們買了錶不會去通風報信嗎？」

我貼在枱子上看著她，泛紅的鼻子眼睛額頭近在眼前，若要說她叛逆，鼻下微微翹起的唇珠看起來最有型，抵死不從的一股傲氣，像我以前曾經釣出水面的鰱魚嘴，倔強地緊閉著，吸不到氣也不張開，決死那樣。

「至少也要等到薪水發下來再說。」

「哦，就知道，你還在擔心你的錢。好吧，你看怎麼樣，乾脆今天晚上就換我賣給你，絕對不可以讓你這種好人吃虧。要不要？良厚，良厚，良厚，害羞了喔。坦白說啦，我就是要買那麼貴的錶，讓他知道女兒過得很好，以後可以不要再來找我麻煩了。」

說完又倒一杯，喝到一半聲音變了，哽哽咽咽地自語著。

到底巴西現在幾點啦，一定很多爛貨跟他睡過了。

她開始哭了起來，肩膀頸子垂下來的髮絲一起顫抖著。服務生走過來暗示要打烊，我只好攙著她出門，上下身沒一處挺得住，塞進計程車裡馬上趴在皮椅上。司機等我坐進去，不然，他搖著頭，說他不載了。

多麼陌生的第一次，我不得不再三追問她住哪裡，要回去哪裡，還替她翻開皮包，掏鑰匙，並且拿著鑰匙打開她家的門。進門後她只能蹲在地上，而我自知非逃不可，光想到她是我的女職員，而我又偷偷墊了手錶錢，一傳出去都沒什麼好說的了。

眼看她還癱在地上，等她清醒過來很難，更別指望短時間內她能爬進自己的房間。於是我決定去找一條毯子披在她身上，卻沒想到匆忙間一抽腿，右腳的鞋子突然掉在她腳前，她隨手撈起來平擺在空中，嚷著要我再去拿酒，直接把酒倒在鞋子裡。

「我們再一瓶就好，你等我沒事了才走。」她說。

怎麼會沒事呢？

給重櫻的回信中，這一段當然就避開了。

生命中總有某些片刻是應該要避開的，避不開的就是命了。

她要我抱她起來，要我脫她的外套，要我把她放到床上但也不能馬上離開。然後她說她從沒有賣過。店長，你現在怎麼想，會很看不起我嗎，不是這樣就可以把很多煩惱忘掉嗎？我們要不要試試看，不過你要先等我一下，先去拿冰水，而且要讓我知道你現在是心甘情願去幫我拿冰水。

後來她要我抱著她，抱到天亮，一直跟她說話，聲音不能停，要聽起來很像從巴西傳來的聲音。這些我都照做了。我還想給她一條冰毛巾，但冰箱裡沒有冰毛巾，只有冰塊。冰塊丟進碗裡，毛巾浸在碗裡，泡好拿起來果然也是一條冰毛巾。剛開始我還覺得自己碰到一場災難，接著慢慢發覺原來我正在做一件善事，然後當我看著她的眼睛逐漸清醒地睜開時，就變得有點好玩了，軟軟的眼神看著我，我的心臟貼在她的腰間猛跳著，跳得全身跟著一起雀躍著，恍惚來到了一個越走越遠的忘我境界那樣，像個耽溺的忘了回家的孩子，像個回不了家的孩子，最後像個快樂的寂寞的孩子。

◆

重櫻：

妳問我，女人的一生除了被描述，有沒有屬於她自己的聲音？

有的，我可以明確又悲哀地回答。素只想要擁有她自己，才會一口氣發出超越世俗的聲音。妳看她的叛逆多有型，寧為所愛棄家而逃，即便那只是情竇初開的戀情，但仔細看她，也只有十八歲而已，十八歲的聲音就那麼嘹亮，可想而知只不過初試啼聲就把她所有的力氣用完了。

半個月後，我代她收下僅僅十幾天的微薄薪水，她果然沒有回來領取，酒後第二天真的消失了蹤影。整件事，整個對我而言猶如露水朝陽般的奇異幻境，就在一年又一年逐漸褪色的父親節後被我淡忘了。

爾後我又過著平淡無奇的日子，直到第五年被調回行銷部門，才又與起重拾書本的念頭。妳可能已沒有印象，我第一天走進教室遇到的人就是妳，而當時還被妳誤解，以為我是管理行政總務的人，何況還戴著黑框眼鏡。妳說窗邊那張椅子的卡榫已脫落，而那是妳最喜歡的位子，問我能不能馬上幫忙修理。當時的我二話不說，直接先從最後排的桌椅挑出較乾淨的一張搬過來，而妳一坐下來那開心的樣子，那一頭俐落的短髮襯著陽光般的笑容，自此完全佔領我的夢境，而後來果然也像夢境般成為了幻影。

重櫻，在那個年代，女性的聲音都是依靠自己釋放出來的，而不是社會所給予，妳的聲音在街頭，就像素的聲音在逃家後的暗夜裡，但這些聲音畢竟都只像是吶喊，並不真正代表女性想要擁有的自己。

退一步回答，如果妳問的是感官所能聽見的聲音，那我倒是很想說，我很少聽見妳，妳的聲音只給所愛的人，而不是我，我只能坐在寂寞的教室，就像如今此刻困頓在這個牢房裡，寫著二十多年來的記憶。卻又多麼諷刺，以前不敢對妳表白，難道現在就有勇氣全部說出來嗎？

對了，故事剛好來到這裡，總算有機會讓妳知道素的消息，消逝六年的素，就在這個難以言喻的黯然時刻突然回來了。

◆

「請我吃頓飯吧。」素的聲音說。

四周聲訊吵雜，間有小販在旁叫賣，還有掛掉公用電話的喀嚓聲，那裡應該是車站，但我無法判斷她是準備搭車或是剛好抵達。我只知道她所說的「吃頓飯吧」指的是年夜飯，因為這天正就是除夕圍爐的日子。

我告訴她，過年這幾天都會在鄉下，而現在正要搭車回老家。她的聲音聽來沙啞，卻又說得毫不猶豫，「給我地址，你等一下，我拿筆。」

然後我又聽見了周遭那些雜音，還有她蓋上皮包的短扣音，那一概不變的率性從聲音裡傳來，俐落又簡潔，沒多加解釋為什麼打了這通電話來，只讓我一時半刻恍恍然，過去彷如一瞬間，前腳剛走，後腳一蹭就這樣繞回來了。

她抄下地址後，說了聲再見。

五十公里外的鄉下老家，母親在她的灶房裡張羅飯菜，收攤回來的父親蹲在門外洗著他的腳踏車，大人小孩圍著一堆即將燃放的炮竹……，素走過來的時候樹下的土狗狂吠著，她蹲下來讓小孩躲進她的臂彎裡。

她雖然叫過我的名字，面對面的這一刻顯然已叫不出來。

「叫爸爸。」她說。

小孩站著，此刻偎到她懷裡，兩眼骨碌轉，硬被她拖出來。

叫爸爸。她又說了一次。這時我的弟妹和叔叔姑媽都已陸續圍過來，彼此面面相覷，等著看我臉上露出什麼表情。我看著她，那雙眼睛有些迴避，卻也不能說是膽怯，畢竟打完了電話說來就來，怎麼可能只為了吃頓飯來，當然是有話要說就來了。

小孩像她，眼睛黑亮，有點瘦的臉頰，好比彎鉤那樣的月牙。這就不像我了，怎麼可能像我，機率更不像，一轉眼已多少年。

圓桌上，母親坐在素的旁邊，也坐在我旁邊，也就是我們的正中間，她給小孩夾了兩筷子，被我姑媽瞪了一眼才又坐回到原位上。位子突然空下來，而我低著頭，看著圓桌下的黃布鞋，裙子是灰色的牛仔布，大概為了上下車方便，搭一件夾克外套，臉上也沒什麼妝，臨時穿街過巷來的一身輕裝。

「你叫瑞修對不對，要不要來坐我這裡？」父親啞著化療後的嗓音。

小孩沒回答，把那一雙筷子咬在嘴角，咯咯咯對他笑著。

桌邊其他人總算跟著輕快起來，一個個輪番逗著他，年夜飯還沒吃出年味，倒是每個碗裡滿溢著一股頗詼諧的幸福感，一桌子吃得喜孜孜，顯得素緊夾著胳臂的樣子像被冷落在一旁。

◆

圍爐聊天後，母親臨時替我們鋪上一床大被，收集了鄰房剩餘的棉被疊在床板上。通鋪長年未使用，四周牆上爬滿了水斑，幾隻飛蛾撲著窗片發出討人厭的喊嚓聲，四周原本就是很微弱的光線，此刻彷彿更暗淡下來。

我們和衣躺在床板上，還真像趁著夜色逃難來的，逃到了這個雞飛狗跳的村莊，一幅臨時湊合的大小大，中間的睡著了，左右兩個閒著兩雙眼，剛好對著氣窗外一輪寒月的冷光。

躺久了，她藉著翻身，背對著我說起話來。

「喂，你不要想太多，真的就是你的。我根本不知道會這樣，發誓，不是故意的。我為什麼要故意。等我發現不對才知道已經四個月了，那時在台北的服飾廣場，有個女同事剛好也和我一樣，我們就相約好，把小孩生下來總比什麼都沒有好。你在聽嗎？本來我想應該回來找你，但考慮到我爸到處都有人在給他通風報信，挺著大肚子能躲去哪裡，就更不敢回來。還好我那同事有個很了不起的媽媽，她連我一起照顧到底，還讓我在她的代書事務所上班，每天就做那些寫來寫去的文書工作。」

由於背對著我，看不到我，於是她勇敢地繼續說：「小孩應該準備上學了，她提醒我不能再拖下去，所以只好帶他回來報戶口，你不相信……的話，那就去驗DNA嘛，不是你的幹麼推給你，怎樣啦，你沒在聽嗎？」

我用手指點一下她的背，久久她才轉身過來，兩眼泡著淚，濛濛地閉上了，一滴滴掉了下來。

接著又說：「不會給你添麻煩，我自己會去賺錢。你只要注意我爸，他已經知道了，說不定這幾天就會找你，最好要有心理準備，聽說他手下那些每個都有槍。」

我跟她說沒什麼好怕的，那段日子我還一直等著她回來拿薪水。

話說完靜下來，才發覺我們兩張臉對看著，沒人敢動，只有眼睛不得不動，事實上也從來不曾這麼安靜地躺在一起，我只好半瞇起眼，開始說著店裡這幾年發生的事，被調為內勤的事，還有利用時間去念大學的事，有些課程是我早就想要進修的⋯

說不到一半，素提醒我：「店長，我很想聽，可是有點累了，我們明天再說好嗎？」

重櫻：

這幾天監獄裡有人鬧房，這封信可能只寫一些重點。

前信我寫到素回來了，結尾卻好像結束太快，忘了說說我的家人，他們都很喜歡她，當然也因為大家馬上升格為長輩的關係。我父親的肺病好了大半，我母親臉上那一團早衰的皺紋都笑開了，連我家的土狗在我們離開時也興奮得又跳又叫。我呢，那時雖然聽到了妳突然結婚的消息，但該怎麼說，素回來這件事，大概是上天給我的功課，我的人生就是從這裡開始轉變的。

對了，容我順便一提，素的原名是余敏愫，那幾年她最大的改變也許就是改名，報戶口的時候我才發現的，名字只剩一個字，也就是余素。我不知道這有什麼特別含意，問她也說不清楚。但我猜想，這應該是她的自我期許，所以毅然帶著全新的余素回來，也就是要告別過去的意思，不再那麼隨性，而且已經決定永遠不再離開。

◆

離開老家後，我帶著素和瑞修——長大後才那樣對我的，當時的他是多麼可愛——回到城區小站下了車，走兩條街，來到兩棟新建築狠狠把我夾在中間的老公寓，門一打開，再怎麼遮掩已來不及，總算讓她看到了不如去死的一房半廳，電視靠著牆，單排沙發對著電視，還真像個小車廂，爬樓梯就是比搭電梯便宜，何況就是一個人住，再怎樣也想不到突然三口人。

「我明天就去找房子，先將就一下，妳和小孩睡我的床。」

「還沒叫爸爸。」素拉著小瑞修說。

「慢慢來沒關係，瑞修，等一下我陪你看卡通喔。」

那張臉還是充滿著敵意的。而我又何嘗真的沒關係，後續的事情還真不少，吃的用的住的，還有將來要怎麼生存的，哪一項簡單，感情更不容易，我相信阿素應該也很懊惱才對——只不過就是喝多了那天晚上幾杯酒，人生要是可以重來，就算又喝到醉也不見得會出這種事。

第二天，阿素說的沒錯，她父親果然派人打來了電話，要我馬上去見他，否則，對方說，否則我們就去把你抬過來。

阿素雖然急著把位置畫給我，但我早就略有印象，那是當年她寫在包裹上的地址，就在大馬路邊的議員服務處，雖然只有一個店面寬，但那種得天獨厚的市心地段還是無人可及。

沒想到不只這樣。這天下午，服務處主任把我帶進旁邊的巷子，走沒幾步，兩扇雕花大鐵門擋在眼前，原來鐵門裡面才是素當年逃離的家，門一推開花木扶疏，三隻杜賓犬不動聲色踏踏迎來，六隻眼睛冷冷盯著我看，車庫旁兩個壯丁探出頭叫著牠們的名字。

◆

我坐在沙發上等待，客廳對過去是原木造型的大茶桌，牆上掛滿大大小小的匾額，我暗暗嚇了一跳，原來這位明日之星越爬越上去，那些紅底黑字盡是恭賀余聲濤副議長的賀詞。

素的父親從裡屋跨出來，一襲改良版的中山裝，上面露出白毛衣的高領，圓圓的臉看起來還真像國父，就是多了幾分草草的霸氣。我已經聽見他正在心裡咆哮著，平和的表情顯然經過了一番壓抑，暴雨前那種平靜。

「你打算怎樣？」他說。

「阿素說，如果沒意見，就不要辦什麼儀式，登記就好。」

「幹你娘，我問的是以後，以後你要讓她過什麼日子。年輕人就愛搞這種把戲，搞到現在無路可走，你知道昨天晚上我怎麼想的嗎？把她送出國，再用挖土機把你送到山上。」

「我們沒有故意要隱瞞。」

他點起香菸，吸得很深，嘴裡緊閉著，把自己活活悶死那樣。我當然知道他在忍，這時候他應該有點智慧才對，誰願意這樣，這已不能追究誰對誰錯，誰都沒錯還需要來這一趟嗎？

「以後你就一直賣鬧鐘、賣手錶？」

「這是我的專業，我只會這個。」

他認真打量我，哼哼哼不知道哼著什麼，看來滿腔怒火還在裡面狂燒，只能悄悄握起垂在腿側的拳頭，乏力地提了幾下又放開。論家世背景和未來性，那個巴西的比我強多了，早知道的話……，此刻也許就這麼懊惱著。

從頭到腳把我看完後，聲調再度硬起來。「給我聽清楚，我只有這個女兒，你看著辦，發一百個誓都不夠，看你以後怎麼對待她，做不到現在就告訴我，不要有一天我去找你。」

「我相信做得到。」他還盯著，於是我補充說：「盡我所能。」

他又冷哼起來，這回大概針對著我說的盡我所能，就像受到侮辱般，幾條青筋聚集在額頭抽搐著，凌厲的眼神帶著殺氣，更有幾許血絲爬出眼白，傷得很重那樣。

「你跟我進來。」他說。

說罷一轉身，走進了剛才出來的過道。我跟在他後面，發覺過道尾端一片明亮，以為那是陽光普照的院子，一進去才知道是個沒有梁柱的室內大空間，四周環繞著大片玻璃，主端位置橫跨著長長的辦公桌，左右兩邊各對著L型沙發椅。

他拾起遙控器，所有的窗簾齊步下降，大空間一瞬間暗下來，隱藏在牆頂的螢幕譁然朝我展開。原來他要我看影片，畫面從一幕黑白遠景開始，陸續出現的是偏鄉農村、貧瘠的黃土路、赤足走在泥濘中的學童，以及寒夜孤燈的苦讀身影。接著轉入彩色現代，逆境成長的余聲濤出現了，他視察兼賑災，聽取陳情簡報，舉著手在某個災難現場指揮若定，再來就是清水溝、埋管線的選民服務，然後是一場場的座談會，慷慨激昂的議會總質詢，畫面最後定格在人山人海的廣場。

「現在你看到什麼？」他說。

「很多人。」

「我說樓上，沒看到露天陽台站著一個人？」

「距離很遠，不過我看到了。」

「以後我也會站在那裡。」

怎麼可能，我心裡暗暗驚呼起來，若我沒看錯，那個人應該是教宗。

「那是我的境界。」他說。

我用力點著頭，然後補充說：「我懂。」

「你在外面難道沒聽說，余聲濤是憑著一雙手奮鬥起來的。」

我不知道該說什麼。

「所以你就聽我的，既然認為鐘錶是你的專長，好吧，那就出來創業，需要多少資金先調給你，就是不要死守在那個櫃檯上，難道以後的人生都要那樣滴滴答答的嗎？」

不知道為什麼，這時我突然又想起那只勞力士了，那是阿素費了一番工夫買下來的。

口口聲聲那麼關心這個女兒，總該還戴在他手上吧，我悄悄瞥著那兩隻手，可惜腕口的袖子過長，蓋住了。

3

自從那次看了醫生回來，直到現在，瑞修靜悄悄不見人影，這不是壞事，可免見了面又一番冷嘲熱諷。偏偏醫生開出的心理測驗還沒走完整個流程，每隔幾天就有醫院志工追著電話來。

該去或不去，他一直未表態，凡事都推給媳婦當窗口。而我對她的習性清楚得很，事情要是沒談好，包準隔天又重來，加上喜歡對我的病情發表高見，辭不達意時就用日文助陣，若還是聽不懂，她就再補上幾句破英文，往往一件小事說得比大事更難懂。

「這是逞戲。」她說。

像她這種話，聽了就很嚇人，以為已經被她識破了。

「妳在說什麼？」

「啊啦。」

「我既然答應了就會去，但是妳也不能隨便亂說。」

「逞戲。」她又說了一次。

「妳叫瑞修來聽。」

果然他躲在旁邊，電話一轉手就出現了。

「她說得對，是你自己聽錯了吧，醫院本來就規定，初診完要接著做心理測驗，這是一定要的，整個『程序』完成後，醫生才能針對檢查數據做出判斷，或直接給處方。」

最後只好這麼敲定，由我自行搭車去醫院。

但一面對那些問卷，馬上又得變笨，所有的問題還真的笨極了：今天是幾月幾號？那明天星期幾？這裡是哪裡？你的電話號碼記得嗎？你的媽媽叫什麼名字……

沒想到醫技還拿一張紙問我，你會畫圓圈嗎？我說會。很好，它就是一個時鐘，現在你告訴我，下午三點在哪裡？我為了把時間畫錯，還真想了很久，怪他手氣差，問到一個賣鐘錶的，就好比問種田的阿伯你看過白鷺鷥嗎？

我做了臨床失智評分量表，還完成了認知功能的障礙篩檢，醫療資源就浪費在我這種人身上，無奈也得來，就怕權威人士哪天發現新大陸，恐嚇威脅說假失智也會出現後遺症，最壞情況就是弄假成真，那當然就沒救了。

◆

初診帶回來的藥份二十八天，一概被我丟進冰箱裡，阿雲在的時候才當著她的面服用。也許她已懶得做紀錄，也說了要我不要再裝傻的話，但很奇怪，吃了藥就是會感到全身鬆軟，未嘗不是求得解脫的意外收穫。直到吃了三次後，她的反對態度轉趨明顯，簡直背著瑞修對我放水。

「這樣下去，你還不如改吃一些維他命。」

「那不一樣，萬一還要抽血檢查，會被發現血液裡沒有這些成分。」

「我看，你可能也想趁機會換個年輕看護來吧。」訕笑著說。

「開什麼玩笑，我覺得目前這樣很好。」

她看我又取出藥包，只好拿了一杯水來。

可就在這時候，她居然就在身旁坐了下來。

她替我打開白色藥包，整包卻還在她手上，這個樣子就像等著我把嘴張開。

我趕緊把藥接過來，仰起頭，而藥丸才倒進嘴裡，忽然感覺有一隻手輕輕放在我的右膝蓋上。

通常吃了這種藥，三、五分鐘後就會覺得有一縷煙沿著額際飄移，然後腦袋裡的重壓瞬間減輕，簡直就像沒有了腦袋那樣。但從來不像這一刻，藥丸根本還沒通過喉嚨，膝蓋上卻已傳來一種微顫反應，這還是第一次。

等我配了開水吞下藥丸，那隻手卻又不見了。

你可能會以為我閒來無事充滿著幻想，但至少膝蓋無腦，它只負責悄悄通知我，剛才真的有一隻手來到了它上面，就像一隻水面上的蜻蜓，輕得只留下一點點漣漪。當然，你還可能以為她是看到一粒灰塵在我膝蓋上，想為我把它捏起來，但還是有點牽強，膝蓋會為了一粒灰塵馬上傳達給我的大腦嗎？

我有點坐立不安，只好繞去屋後看看那個小菜圃，之前種下的茼蒿露芽了，春節雖然過了，這波新菜還是可以趕上清明節的採收。只要走進壟與壟間，經常看得到阿雲來過的雨鞋印，有時她發現我已澆過水，也會主動找來尖鑷子把一些小蟲剔進塑膠瓶子裡。

她會做得這般細膩，可能和她平常不愛說話的個性有關。沉默的女人總有較多的隱藏，不見得她不想說，而是剛好這一天，她突然覺得膝蓋可以幫她說得更婉轉，所以她就這樣了。

◆

一個多月後的下午，剛好是阿雲不來的雙號日，我簡單吃了昨晚的菜，開始等著夕陽下山。也許你還記得我和賴桑坐在那家店裡的情景，當我聽見從廚房傳來的那油鍋裡的啵啵聲，坦白說，那時我差點失神，還以為是我母親又在炸丸子，直到發現那女的別著小帽守在油鍋旁，我才確定是自己太過想念，才會萌生那樣可笑的幻覺。

終於等到傍晚，我悄悄來到阿雲兼差的這家店裡。

我點了烤鰻魚，一碟青菜，一個包鮭魚的海苔飯糰，當然還點了兩隻炸蝦。你可能不太了解一鍋炸物對我的意義，想聽油炸聲當然到處都有，卻不見得會聽到那種剛剛好的聲音，除非客人逐漸離去，板前閒適下來，而店裡再也沒有其他雜音。這時，如果夠幸運，廚房裡那口寂寞的油鍋就會像初升的朝陽，濛濛然醞釀起一層油亮的暈光，而油鍋裡的氣泡還沒聚集，但正在聚集，就等著爐火開到最大，一瞬間沸騰，接著一呼百應，所有的氣泡快樂地發出爭先恐後的聲音。

當然，並不能說我就是專程來聽這些聲音，但我恐怕也很難說清楚還為了什麼，也許順便來看看阿雲的這種心思也是有的，雖然說來有點尷尬，不過確實就是突然想來這裡的動機。前面我已提到膝蓋上的那隻手，經過連續幾日的自我審視後，我已確認那不是幻覺，是真的有那樣一隻手，因為從第三天起，她一看到我就很不自在地把臉移開，好像做錯了什麼，對自己相當懊惱或有點羞愧什麼的，反正做起事來已不再那麼流暢自然，下班時間一到也不再多停留，那台機車氣噗噗地一轉眼就不見了。

當然這是我不對，當時幼稚得有點可笑，也許本來沒有什麼，但被我那正襟危坐的神經一反射，就變成好像真的有點什麼了。尤其在我仰頭吞藥的剎那間，雖然直覺上略已知情，但我不該含著藥丸還停頓了那幾秒，且又在事後急著走出去，顯然那隻手就因為這樣而受傷了。

我吃到最後只剩一道菜時，果然油鍋聲從廚房飄出來了。聽得出它已沸騰，悶悶地有點含蓄，像有什麼心事壓抑著不敢張揚。可是它又太過盡責了，那兩隻蝦子一游進去，馬上就被波浪們包圍，蝦身的特性本來就是很快會捲起，烈焰卻還在猛炸著牠，聽了真會急死人。

爐子裡開著大火，加上螢幕上還是那場演唱會，內外場的聲音混雜在一起，怎有可能聽得到我想要的，何況這時候，蝦子炸熟了，該關不關的爐子也終於關掉了，簡直就是一場鬧劇。

別著白色小帽的女子走了出來，原來不是阿雲。

接近打烊時，我結了帳來到門外，一個卸下圍兜的師傅倚在機車旁抽菸。我問他一整晚怎麼都沒看見那位……，他一聽就懂，說阿雲已把這邊的工作辭掉了，聽說準備要結婚，男方的房子正在整修，需要她去幫忙。

若以淳樸女性典型來看，阿雲小姐的沉默堅強無疑更令我感到不捨，我對她即將結婚一事雖不可能面露喜色，但也不能說我不想給予祝福。聽到別人的好事就覺得自己受傷，通常都因為嫉妒所引起，我可不是這樣的人，只因一時反應不過來，才會有點茫然愣在那裡。

那晚一路走回來，其實心裡已經原諒了自己。本來就只是來聽聽廚房裡的聲音，又不是專程來看一個人；好吧，就算專程來看她，那師傅告訴我的時候，聽了當然是有點不舒服的，一瞬間還以為自己失去了什麼，但仔細一想，本來就沒有什麼，還有什麼好難過，惆悵倒是有一點罷了。

都怪那鍋不怎樣的油炸聲，把我整晚的心情炸翻了。

認真想起來當然就很不堪，從我懂事以來，離開我的竟然都是女性。我會經常陷落在油鍋炸物的氣泡聲裡，最早是我母親所引起，要是她不炸那些丸子，就不至於讓我從小多愁善感，只要一想到油炸聲就好像又有人要離開我了。

母親就是炸了那些丸子後離開我的。隔不久就是我姊姊。若再想起賴桑那天晚上傳達的口信，如果我和重櫻繼續處於斷訊中，難保她不會像阿雲一樣拂袖而去，那不就是一個女人離開我兩次的意思。素不也是離開了兩次終於真的離開了嗎？

◆

我想還是有必要從那天晚上的炸蝦倒說回去。

如果是我母親，她不可能會把食物炸太熟，何況是弱不禁風的兩隻蝦。她會在油鍋沸騰時把火轉小，讓那些聒噪的氣泡轉為輕聲呢喃，這時才從她的虎口擠出一個個菜丸子滑入鍋中，任由它們轉身漫舞，直到顏色轉呈金黃，就馬上撈起來等著油脂瀝乾。

那是母親還在家裡的最後一個中元節，前一個晚上她就在屋後的瓜棚下架起了鍋爐，為的就是炸一大盤菜丸子，隔天拿到天后宮廣場參加普渡拜拜。這種點心適合拜好兄弟，母親說，他們吃不完還能帶走，四處流浪會更方便。

但那天晚上我不太想聽，心裡想的是她就要離開家了。再過不久，她將押著父親去中部，那邊的朋友已幫她物色一個小店面，緊鄰著市場後面的大河溝，聽說每天從火車站下來的遊客多得像螞蟻，他們下榻後的第一站，通常都會不由自主地來到那條小吃街上。

丸子炸好了，母親夾起其中一個，吹涼了塞進我嘴裡，兩手搓在圍兜上弄乾淨後，突然蹲下來，小小聲跟我說了一個祕密。

她從藥局帶回來的安眠藥，已經偷偷摻在碗裡讓我父親吃下去了。

「你知道就好，千萬不要去吵醒他。」

「真的不會再醒過來嗎？」我興奮地叫著。

她扮著鬼臉，像在說著真的真的、今晚他真的不會再醒過來了。

我跑到昏暗的床板上查看，發現他真的睡熟了，側身背對著我，那鼾聲就像雷聲，看樣子不睡三天別想爬起來。我悄悄溜出來，濾網上那些丸子已裝盤，母親捧起油鍋放到地上，再用鉗子插入煤球洞裡，夾上來的煤球還有半透明的餘火，表面包覆著白色灰燼，等她潑了兩瓢水，馬上噗哧揚起難聞的煤灰煙，但也很快就熄滅。

「如果開店順利，我會讓他留在那裡，到時我就可以回來。」

「去廟口也可以開店。」我不高興地說。

「這不一樣，就是要讓他離開那些賭鬼。」

接著又說：「你不知道嗎，家裡沒有錢了。」

「那我不要去上學，可以到廟口賣香燭。」

「賣什麼，不要這樣麻煩，我乾脆想辦法先把你賣了。」

我哭了起來，而她不理我，開始說著她的打算，為了就近上學著想，她決定把我寄養在外祖父家；而我姊姊會照顧弟妹，就讓他們三個跟著阿公阿嬤。我細細聽著，不敢出聲，很怕漏掉她還有什麼要交代。而這時可能已經很晚了，四周越來越靜，地上不知何時敷上了一層銀色的白，抬頭一看果然是天邊灑下來的月光。

然而就在我們說著話的時候，沉睡的父親已經悄悄出門了。

寫給重櫻的回信中，我也曾經談起我父親。

畢竟她要寫的論述和我有關，很自然就讓我想起自己的童年，童年環境造就了什麼樣的性情在我身上，有個相當重要的起點，就是我父親。他很善良。他沒有一般男人的劣根性，基本上還非常顧家，是那種看到路邊沒人要的沙子，也要想辦法搬回來的男人，窮得毫無志氣，全身只剩下一股貪念，想從別人口袋裡贏回他所失去的尊嚴。

那天深夜，母親靠在床頭嘆著氣，安眠藥沒用，腳踏車還是不見了。

第二天清晨我已準備上學，母親急得來回踱步，最後把我攔下來。

她要我去找他，那間聚賭的屋舍位在農路上。剛好順路，她說。

接著又碎碎念，開始在我腦袋裡畫地圖。你用跑的，這樣能省掉一些時間，只要跑到校門口就可以停下來。不要一直跟我搖頭。從校門口開始，你就慢慢走，不會很遠，一樣就是那條路，注意看路，最後就會看見右邊有稻田，可能也會看見很多鴿子，沒有鴿子就仔細看屋頂，上面會有一間鴿舍，反正稻田上就只有那間房子。

我揹起書包時，她卻又叫我等她，跑到屋後摘來兩朵黃黃的含笑花。

花還沒綻開，蕾上還裹著深色的外殼。她把殼剝掉，直接放進我胸前的口袋裡，一邊說：「就放著，不要拿出來，你只要走到身體發熱，香氣自然就會提早散發。我算過了，走到那裡的時間剛剛好，你聞到香味就趕快把眼睛睜大一點，表示快到了。」

校鐘響過了，稻田看到了，就是還沒看到什麼鳥鴿子飛過天空。但這時總算讓我聞到了含笑，帶著香蕉味的，帶著緊張的汗味的，我的胸口怦怦跳著，那屋頂上的東西則越來越清晰，果然就是鴿子的家被圍在一個柵欄裡。

樓下鐵門鎖著，而我光想到一群人在裡面就不敢敲門。我想用喊的，可是在這種地方喊爸爸多麼羞恥。我只好考慮直接叫他的名字，但它本來就不好唸，也很難聽，劉福五劉福五劉福五，叫起來的聲音很像在哭。後來我決定丟個小石頭試試，說不定有人聽到就會下樓開門。農路上雖然沒有鋪柏油，但也找不到適當的小石頭，到處只有牛車輾過的沙礫，稍微像樣的石頭早就掉在田溝的泥堆上。

我跳下稻田，父親躺在田埂旁。

他的姿勢很悠閒，側躺著，右手掌還枕著臉，有點像在陶醉，卻還能呼著那麼大的鼾聲。腳踏車也在，前輪朝著天空靠在稻草堆上，不像他平常擺放的習慣，一般人也不可能會直接騎到田裡。所以他是摔下來的，他騎到一半，就只缺臨門一腳，如果不是藥效發作，再踩兩下就到了。

我一直叫不醒他，只好用力搖晃左邊的肩膀，沒兩下翻了過來躺平，這才睜開了眼睛。我幫他一起把腳踏車抬上路緣，路上還沒有什麼人，他看看旁邊那深鎖著的鐵門，又看看我，全身打了個寒顫，這才真的清醒過來。

我交代說媽媽還在等他，而我上學已經遲到了。他說要載我，右腳剛跨上就差點摔下來。我乾脆用跑的，跑在他前面，跑一段再偷偷回頭看他有沒有跟上來。那歪歪斜斜的樣子怎麼跟得上，跟到學校門口就找不到我了，我躲在圍牆邊眼淚掉了下來。

◆

在那封回信裡，我真正想說的其實是我母親。

那天放學後我一路跑回家，馬上追著她問，想知道的是那台腳踏車，父親究竟怎麼騎回來？而據她推測，他很可能又在路上睡著了，因為回到家時外面的蟬聲已響起。她看著他猛吞了兩碗稀飯，心裡有數，悄悄進了房間摸他掛在牆下的褲袋，果然連一塊錢都沒有，明明身上沒有錢，還是掙脫了那兩顆藥的魔咒，就為了站在牌桌下觀戰，從別人的輸贏中想像自己得不到的光彩。

一個月後，母親真的把他押到那城市，兩人開了麵館，一切從無到有，所有相關的簽租、籌設、裝修和直到開張該有的備品全都她一人張羅。她回來繳會錢曾經帶我去過一次，遊客塞滿街道，那樣的場景真可形容熙來攘往，四周連空氣都是滾燙的，每家都派一個年輕小姐站在街心攬客，而我母親不遑多讓，她戴著斗笠加入戰局，拉不到客人就摘下斗笠搧著臉上的汗光。

結果五年後，她又帶著父親回來，這次卻是為了養病，他病得不輕，病到需要有人攙扶。母親學做裁縫就在那段陪病期，每晚踩著咧咧咧的縫紉機，像是從原地到原地一直無法到達的遠行，偶爾夾雜著病人喀喀不停的哮喘聲，兩種聲音經常混在一起穿破黑夜，等我清晨醒來又重新開始，然後糾纏一整天。

我在獄中曾和賴桑提起的，那只差一秒就套上父親脖子的繩圈，從此成為他在我面前感到特別羞愧的警惕。幾天後開始，不論颳風下雨，他每天都在我們家鄉路上擺著高麗菜飯的攤子，直到七十二歲歿，贖罪到生命的最後一天。

一個女人可以做到讓男人不得不感到羞愧，這才是我要讓重櫻知道的。我母親就是那樣的女人，而我在那樣的困境中長大，自然懂了一些道理，什麼過錯都可原諒，尤其是我們最愛的人。

第三章

1

春天是種籽的日子。素的日子，小瑞修的日子，我的好日子。

她帶著小瑞修和我擠在窄小的房間裡，半個月後消息傳來，她父親已雇工移走庫房裡的張大千，隔成了兩個大小房間的格局，且已裝修完成，要我們馬上搬居。

這可是大手筆。我聽說他曾請來幾個專家鑑定，一口咬定那些國畫全都是贗品，所以這幾年來他不曾再多看一眼，任由那間大庫房結滿了蜘蛛網，且還落下重鎖，禁止任何人談論或靠近。

「不去。」阿素說。

我知道她為什麼抗拒，不去的理由就和當年逃家時一樣，母親被打跑，馬上迎來了一個新歡，睡覺的房間就在那些國畫旁邊。

「髒死了，」她說：「半夜有一次，我看見她走出來拿飲料，全身黑絲袍，裡面那些有的沒的都看得清清楚楚，連腳下那雙拖鞋也踩得吱吱叫，不知道在高興什麼。」

「那時妳在叛逆期，當然都看不慣。」

「店長，你真的以為我愛到處流浪？本來我還有媽媽可以相依為命，她走了就剩下我一個，家裡全都是男人，所有的空氣都被那些大鼻孔吸光了。而且三個哥哥還沒當兵就開五台進口車，你說跩不跩，過慣了那種舒適環境，早就把我看成眼中釘，加上兩個沒結婚的叔叔也混進來，那種日子要我一個女生怎麼過？我不是沒有男朋友，他家要移民巴西，該賣的都賣掉了，總不能攔他們下來搭帳篷，何況這對我是天大的機會，只要能跟著他們走，改用他們的姓都願意，結果還是被擋下來修理。」

她拉上小瑞修踢掉的被子，接著說：「坦白告訴你啦，我阿嬤以前就是被阿公打跑的，余家特別喜歡打女人，聽說打女人會帶來好運，每晚睡覺的時候那些田產照樣會漲價，我媽就是看不慣，也不稀罕那種財大氣粗的嘴臉，才想盡辦法逃走的，不然會被活活打死你知道嗎？」

「所以妳也跟在後面離家出走？」

「才不是，我計畫很久才逃出來的，樓上樓下隨時都有人，門口附近還有那種開賭場的，一天到晚走來走去不知道在幹什麼。有一天快傍晚了，那時再慢走的話閒雜人會更多，可是又想到還沒替我媽出一口氣，就叫新來的阿彩幫我把風，跑到樓上把他床頭櫃的東西全部倒出來。本來只打算挑一些值錢的拿去泡浴缸，怎麼知道全都是他的名錶，哼，當然就一不做二不休了嘛，馬上找來一個鐵鎚，一次砸一個，全部砸爛為止。你知道嗎？那天是父親節。」

「所以後來寄那個勞力士跟他賠罪？」

「賠什麼罪，是我媽打電話來教我的，她擔心我這次被抓回去一定完蛋，所以要我送個父親節禮物跟他扯平。她說女人光耍脾氣絕對會吃虧，尤其那種地方龍蛇雜處，一定要學會保護自己，女人不可以完全沒有心機。」

「禮物可能真的有效，否則現在不會要我們搬回去。」

「那你說說看，我現在是不是比較有心機了，起碼知道趕快趁除夕夜打電話讓你知道這整件事，不然再過幾天瑞修又多一歲，沒爸爸沒關係，沒地方上學就慘了。」

「妳當然有心機，那天晚上故意喝那麼多……」

「什麼意思？」

「女孩子隨便喝到醉，說不定就是某種故意。」

「店長，我是覺得你還算可靠，才對你那麼放心好嗎？」

我是要逗她笑，不想讓她越說越感傷，但我發覺她對玩笑的反應不太一樣，笑不出來，也不再像以前的那個俏皮樣，一消失六年，似乎某些東西也從她身上一起消失了。她的身世背景不是我能很快理解的，我只記得那天一走進余聲濤的客廳，聞到的就是那種很怪異卻又說不上來的氣息，而那高高在上的氣息卻又顯得理所當然，彷彿世人追求的權勢都在這種人身上，憑我自己只能對他仰望，其他就更談不上了。

◆

一個星期後，我總算物色到一棟較新的公寓，三個房間，還有個稍微像樣的小客廳，屋主急著出國，家具剛買不久，租金雖然佔掉將近一半的薪水，但考慮到不能讓素的家人笑寒酸，兩天後我們還是搬了進來。

「不知道妳的濤聲爸爸能不能接受，這對我來說已經算是豪宅。」

「你一直把他的名字叫錯，故意的吧？」

「聲濤聽起來很吵，那天把我狠狠上一課，真的是波濤洶湧。」

「他對你很忍耐了，以前的脾氣會把你蓋麻袋，再放火燒。」

西曬的客廳窗簾一直拉不下來，我們只好讓小瑞修戴著墨鏡看卡通，那黑森森的酷樣半掩著白短的臉，早該看得出二十多年後他會對我那麼囂張。但此刻他這胖嘟嘟的模樣倒是很好看，一年後我和他蹲在地上剝著土芒果就在這兒，至於如果想聽他叫我一聲爸爸，可要等他突然急性肝炎，我揹著他跑得比救護車還快，半夜兩點，急診室一個個等著要急診，我光著急忘了放他下來，小臉蛋剛好就垂在我耳邊，這時突然聽見他對我哼了一聲，帶著兩個字，我聽了欣喜若狂，差點把他拉下來抱在懷裡。

事後我還因此想了很久，他若不是叫爸爸，難道叫的是上帝嗎？

阿素不再是以前那麼冷傲的余敏愫，一嫻靜下來判若兩人，看得出她這幾年嚐過不少風霜，才有那麼優雅的韻味從她身上散發出來。一個過度快樂的女人是不可能有這種味道的，你可以說那是一種嫵媚，但不知道為什麼，我總是覺得那股氣息很難親近，是任何男人都想要擁有卻又恐怕會失去的。

小瑞修有了自己的房間，我們也跟著輕鬆不少。

搬家這一天，重逢以來的第二十五天，我們總算做了一次。

上次是爛醉的余敏愫，這次的她可就特別清醒，卻又不比爛醉時靈敏，全程側身以對，即便請她翻過身來照樣緊貼著床。但她也算盡責了，大概謹記著今天是搬家日，嘴角矜持地笑著，雖然沒有特別開心，但至少有心，頗有一股慶祝喬遷的熱情。

床上的過程單調卻極慎重，彼此都很認真，既然沒什麼錢宴請賓客，總可以關起門來用自己的肉體款待對方。當然，印象中我還停留在她喝醉酒那一夜，這次總算看到她回復了宛如初夜的形體，不再像那天晚上要我脫她的鞋子。如果那次是糊裡糊塗造就了小瑞修，這一次無疑就是造就了我，想要有個家終於有了家，想要有個孩子竟然真的有了孩子，不曾有過的幸福感還真像一雙小翅膀，它一撲到床上就飛不走了，因為我想要牢牢地抓住它。

◆

阿素不僅拒絕了濤聲的好意，也不想回去見他。

她一概不接他的電話，從此濤聲只要想說什麼就直接找我談。過來一下，他說。有時說得更簡潔，你過來。不過當他把怒氣發洩在我身上時，額頭上的青筋已不再那樣抽搐著，見面時的聲調也逐漸轉趨平和，算是認了她的脾氣，頂多就是把那股忍下來的怒氣發洩在我身上。

你們這一代年輕人就是這麼可惡。

我越想越不對，你去問她，我有打過她嗎？

不怕餓死，為什麼不繼續躲起來，回來氣死我。

…………

我又去過三次後，總算遇到了從樓上被他叫下來的人。

濤聲介紹他的名字，然後指著我，「這就是阿素的……」

我趕緊起身點頭叫他：「志興大哥。」

「等一下，」他不能接受，頓了一下，「你們有去登記嗎？」

都辦好了，我還告訴他，這幾天也搬了新家。

他瞧著我上下打量，冷冷一股鄙夷，「我最心疼就是這個妹妹。」

阿素說她最看不起他，享受權勢的奢華和傲慢，對母親漠不關心。

「我會盡全力好好愛護她。」我說。

「聽說你賣鐘錶，真沒想到……。」

你可能對他沒什麼印象了。他喜歡養狗，除了大門口那三隻杜賓犬，還把那條最凶的養在後院裡，二十年後那天晚上，就是牠和他把我擋在屋簷下。狗輩那種無理取鬧的狂吠聲聽了也罷了，加碼操罵我的也是他，還說我是垃圾，早知道原來他也是垃圾，當時就不應該特別對他忍氣吞聲。

濤聲畢竟打滾過，馬上圓場說：「你現在就跟我走，我帶你去一個非常特別的地方。」

沒多久我就坐在他的轎車後座上。雖然不知道他要帶我去哪裡，但還不至於讓我恐懼，該怕的就只有那個第一次，何況那次他已被我看出破綻，破綻就在放給我看的影片裡，明明那個人就是教宗，偏偏幻想成他自己，可見他的妄念還是很可愛的，到這年紀還有這種赤子之心，怎麼可能會有蓋麻袋放火燒這種事，可憐的小瑞修怎麼辦，何況阿素的人生碰到我才剛要開始。

二十分鐘後就到了，車身已不再前進，好像突然淪陷在人潮裡，車窗口緊貼著擦身而過的人影，就算電影院剛散場，也不至於擁擠到這種程度。我彎身往上瞧，才知道我們來到了新商圈，兩家百貨就在相對路口上，另一邊則是連結影視歌廳的飲食街。

這時他要司機稍往前移，剛好對準了一間很舊的透天老店鋪。雖然沒有擋在人行道上，有些過街的人影還是繞過擋風玻璃再走回到路旁。

「你現在看到什麼？」

「看到一個很像天堂的入口。」

封著門的老房子，水泥地還冒出雜草，正對著我們的車窗。

「這是商圈裡的奇景，誰都想租下來，就是打聽不到屋主在哪裡？」

「真的是不得了的地點，想租的人一定擠破頭。」

「嗯，只有我找得到他，如果你要……」

「阿素知道嗎？」

「讓她知道的話，什麼事都別做了。」他說。

輪休在家的日子，素不見得也在家。她每天騎著白色摩托車出門，早晨把小瑞修送到安親班，傍晚前再去接他回來，中間的空檔則是她一天當中最漫長的徬徨。我能想像她的焦慮，她一直不敢閒著，急著想要實現自己的允諾，那是除夕夜躺在通鋪上的告白，說要自己賺錢，不給我添麻煩。

一旦說了那樣的話，也就顯示我們之間還沒有愛，她只是為了小孩，而我為了有個家。但往好的方面想，我們這樣的結合只是剛開始，以後當然就會越來越好，愛不是隨口說說就來的，慢點來才看得見遠景，大多數的愛不就是來得太快反而看不到未來嗎？

我就用她不在的時間悄悄展開計畫，這是和她父親約定好的，創始店的內部陳設和櫃位安排由我構想，以後的人事佈建和訓練也交給我執行，他只要負責把那間老店鋪簽下來。

那天看過之後下車時，為了讓他相信這件事對我多重要，我甚至攀著車窗答應他，暫時不會讓阿素發現什麼異樣，我自己慢慢籌備就可以，寧可等到開幕那天讓她又驚又喜。

幾日後，果然傳來了好消息，那位神祕屋主口頭答應了。濤聲特別興奮，就近約在咖啡館和我見面，還帶來了設計師的草圖。店鋪平面寬又深，簡直就像美夢已成真，屋主還同意我們自行重新拉皮，拆掉斑駁的外觀後，可想而知一個嶄新標的就要在商圈裡成形。

「錢我出。」他說：「你也知道這要不少錢。」

「像在作夢，以前我只想開一間小店，替人修修手錶。」

「格局大一點，你認真做，以後給我開二十家。」

說到這裡，我才知道他已有腹案，有關對外的承銷協議、進貨成本和最重要的品牌代理，他都想好了，將透過相關人脈來進行。接著我們還談到了合作模式，原則上股權各半，所需資金由他支付作為股款，我則投以技術和勞力負責管理經營。

「既然已談好，屋主也答應了，進度快一點，三個月後就開張。」

「應該可以，坦白說我還是不敢相信。」我說。

「那當然，誰會相信。好吧，我讓你知道，屋主以前欠我人情。」

經他這麼說，我就知道了。人情，以後我也將因為這樣而欠他人情，畢竟這個合作案不會是他真心想要的，以他擁有的豐沛財勢來說，他根本不需要我，他要的只是阿素能體會他的心意。也許余家的良心就在阿素身上，這是午夜夢迴時的濤聲徹悟到的，以後就用她來贖自己的罪：余家才不打女人，阿素就是美麗善良的活見證。

而其實，我也很樂意欠他這份人情，唯有這樣，我渴望成家立業的藍圖才會完整，好不容易總算看到一個輝煌的背影，起碼我該抓住這人身上的任何一根毛，眼睜睜看著他擦身而過就太可惜了。

咖啡喝過了，事情談妥了，我送他上車後直奔回家，才發現素還沒回來。只要她又不在，擱在牆角的那只箱子馬上又刺痛著我，總會衝動想要打開它一探究竟，若只是幾件衣物，何苦還不歸位在衣櫥裡，難道只打算暫住下來。當時的我確曾把它視為某種預兆，但由於後來她一直都在，也就很自然把這股擔憂視為無稽之談。直到有一天，它以使我更為手足無措的形貌出現時，已涵蓋了所有難以形容的悲傷，表面看來當然還是個沒有帶走的箱子，但其實好像已經永遠打不開。

◆

三個多月後，良聲精密鐘錶行閃亮登場。

來客量超過預期，加上我忘了把濤聲號召的友朋算進來，鞭炮時間還沒到就已爆滿，雞尾酒會結束後，又一輪酬賓活動讓現場擠得熱滾滾。這天還不見得是好天氣，天際閃過幾次響雷，空氣中凝著要下不下的雨，直到傍晚客人還沒散盡。

回到家雖然已近深夜，我卻還是難以闔眼，亢奮的神經顫跳在整個腦袋裡，盡想著可有什麼動人的說詞，好讓阿素聽了「又驚又喜」，她會激動到說不出話來嗎？好長一陣子她已落寞得說不出話來了。

我推開落地門走出陽台，先對準那一叢叢高聳在夜空下的樓群，然後就像準備按下快門，匆匆回頭喚著她，雀躍得像個窮孩子第一次出門遠行。她剛洗完澡，換上薄棉睡衣站到我身旁，靜靜聽我說著眼前那個新地標的形成，畢竟她逃家後已對這個城市有點陌生。我大略說完後，開始指給她看，塔樓最亮的那一棟是她去過的五星酒店，旁邊爬滿霓虹光的就是集結餐飲百貨的新商圈。

我極力伸展著手臂和指尖，就是要讓她知道，那片燈海中的某個點，某個夢的起點，它看起來暫時有點害羞，但它會是我們未來的寄望，就像我們將要開始的愛一樣。

因此，我終於驕傲地告訴她，那裡，就是我們今天開幕的鐘錶行。

然而她只望著街景上的夜空，淡淡地說：「我知道了。」

2

藉著獄中書信往返，重櫻已大略知悉那間鐘錶行的由來，我甚至提及這件事所造成的夫妻嫌隙。在那彷如告解的追憶中，我幾乎將她視為傾訴對象，在不需隱藏的地方盡我所能侃侃而談。

時日一久，我卻發現了她和她之間某種奇妙的巧合：兩人都是反對者。

重櫻固然跟隨著學長的腳步涉身民主運動，但若非她本身具備著相當的理念，實不可能耗用青春年華走上擾嚷的街頭。那時的她經常滿臉炯亮的熱誠，言及她所反對的政治極權莫不語重心長，相較之下的我猶如處在極大落差的渺小愛慕中，只能像個忐忑的小偷，偶爾追蹤到她的社團動態時暗自欣喜若狂。

就在那間小型會議室裡，那天的黑板上寫著人權　正義　社會價值。

我從後門悄悄溜進去，靠坐在窗邊角落，側耳聆聽那些慷慨激昂的對談，只想知道那究竟是多麼魅惑的力量，使我面對著重櫻時總覺得自己矮了半截。我聽了一半準備離開時，講台上那位年輕的社長卻突然指著我說：這位學長，你已經出現過好幾次，但我們還是不認識你，如果你根本不是來聽講題，而是另有可悲的目的，那就請你自愛，以後不要再來了。

在那些背影中，重櫻轉過頭來看著我。

我已忘了當時被奚落的狼狽樣，卻又很清楚，重櫻從那雙眼睛閃過的一絲憐憫中，有我不敢對視的卑微，那才是我所自覺的最大的羞辱。而當場我沒有任何辯駁，確實我並不熱衷那樣的講題，我所來自的困境中也不曾聽過那麼相異的言論，就我極為有限的認知中，我只能依附政府要人民相信的社會和諧，就像後來我也依附著余聲濤那樣。

同樣，素長期反對的父權暴力，影響所及，不就讓那間無辜的鐘錶行成為了我們的引爆點。這天夜裡她直直躺在床上，並沒有轉身側睡表達她的反感，而是直接顯現內心的憤懣，兩眼汪汪對著天花板。問她何事都不回答，聽我辯解也不願吭聲，但也不睡，等我不得不關燈後，猶然看得見她彷彿躺在一種無望的黑暗中，顯然她的不滿來自丈夫的我，為什麼會如此卑微。
沒有榮耀，沒有預期的又驚又喜，開幕這天也是冷戰這天。

◆

素想要說話時，誰都擋不住，想到什麼說什麼，興致一來滔滔不絕，說完也會讓我知道她說完了，總是帶著自問自答的尾音。她要是不想說了，屋子裡馬上又陷入寂靜，唯一的聲音都在膝蓋以下：開門進來走到臥室，或者拎起皮包走去開門，聲音帶著她走，不然就是她帶著聲音離開。
就因為開了那家鐘錶行，而我用了余聲濤的錢。
如果可以重來，問題當然就不存在，我會靜悄悄坐在車上，挺直頸椎不往外看，即便那間老店鋪正對著我，但我可以不面對它。而且我還來得及告訴她父親，我會把阿素照顧好，不必急著想要賺更多錢，以後還是會有很多錢，因為我有的是那些滴滴答答的時間。
但如果現實條件已不能重來，我們何苦還要計較誰用了誰的錢。她應該看得出我也用盡了心力，每天最早出門，最晚回家，開門關門都由我親自來，就怕那些分針秒針不等人，趁我不注意就從門縫裡溜出去。

冷戰持續一個月後，一場強烈地震跟著來，這天她還沒回家卻打來電話，說整條鐵道宣布停駛，而她被困在月台，要我去把上學的小瑞修接回家。

又有個夜晚，那是她難得上任主管的第三天，被自己的部屬當面挑戰專業能力，心情不佳，回家路上不僅撞壞了摩托車，鞋子也掉了，連皮包也找不到，要我帶著錢到樓下等她搭車回來。但因為下著雨，一直等不到她說的計程車，我只好沿著她的上班路徑一路找過去，雨越下越大，最後才看到她的摩托車翻覆在水窪裡，而她已不見蹤影。我繞了幾個路口，才發現她為了四處攔車已跑偏了方向，而一隻手還舉在空中，猶像個孤單的求救訊號，霎時讓我驚覺到如果我再不出現，很可能路過的某一台車子就要把她接走了。

◆

我不是沒想過要離開她。

種種跡象似乎早已顯示，她並不需要我。就像悄悄搭火車那件事，要不是一場地震把她困在月台，可能直到現在我還不知道那天她的行蹤，那是一百多公里外的路程，就算不是遠行，意義上已大到足以讓我難堪。被錄取主管這件事也一樣，事前我毫無所悉，若不是那台摩托車撞壞了，還要多久才會透露她已上任就職。

通常我們要離開一個人，也許都會設想對方會不會痛苦。如果會，離開就要承擔，起碼讓她相信你可以過得更好。如果不會，離開便是一種可有可無的美學，至少以後路上相遇還能雲淡風輕。

素沒有這方面的困擾，她不會痛苦，頂多會有一陣子的徬徨，最終還是會找到下一個棲身驛站，萬不得已還有個深惡痛絕的余家等著她。但是我會不安，我無法雲淡風輕那樣舒坦，情理上她是我所造成的命運，起初就是那個買錶的下雨天，若不是鬼使神差的那杯茶留下她，也許如今她還過得很好，根本不需要任何人牽掛。

再就是那個無風起浪的醉酒夜，那無端埋下的種子，從此阻斷一個女人的去路，若這時候拋下她不管，可想而知她將又困在路上，而她卻又是那麼不擅長一個人走，儘管我已走在前面讓她看著，以為她會跟在後面，結果一轉身才發現她又不見了。

所以，想歸想，我還是覺得不能離開她，甚至認為對她還有使命感，換一個字來說也許更準確，那就是疼惜。我是不是應該好好疼惜這副天真的傲骨，她雖然沒有機會上街頭去反體制，但就純粹表達女性自身的困境來說，當時她才幾歲，不容易了，如果她所反抗的父權會因為她的叛逆而覺醒，那我為什麼不能扶她一把，讓她如願完成一個弱女子的革命。

即使在法庭，在押解過程，在多少個足以讓我安然脫身的縫隙，我還是堅持一如往常那分心情，不讓她感到害怕，連死都不會孤單。而一旦我為了自由想要脫身，哪怕只是個微小念頭閃過腦際，我甚至會感到羞愧，彷彿潛意識裡我已將她拋棄。

3

「店長，如果我都不說話，你也會一直不說話嗎？」

「我怕妳生氣，當然不大敢說。」

「你不能把問題丟給我，我不是沒有給你機會。前幾天早上，我走到樓下又走上來拿資料，你記不記得，那是我故意的。」

「故意爬兩次樓梯？」

「故意給你機會，至少你可以趁機會說：咦，妳忘了拿什麼？」

「結果妳忘了拿什麼？」

「可惡，你沒有在聽。」

「妳先轉過去，我把這幾個抱枕推到旁邊。」

「那天我也不是拿了就走，難道你沒發現，我都走來走去，還順便洗碗，再把晾過的衣服收進來，但是你那張臉很臭，後來我只好趕去上班。」

「奇怪，妳今天這麼多釦子……」

「我自己來。」

……

這是冷戰過後，我和素的開場白，不稍解釋還以為我們坐在客廳聊天。其實這時候我們已經躺在床上。我們很少從頭到尾不說話，除非冷戰，不然做這種事的時候她都會這樣，像隻麻雀啄著細碎的米粒，用來掩飾裸裎在我面前的尷尬。沒錯，起先是尷尬，羞赧則隨之而來。如果說，一次會生疏，兩次還是矜持，總該第三次就知道魚和水的相遇是多麼歡愉。但很顯然，她這副尷尬樣恐怕還會持續，只因內心深處的障礙使然，難以排除，像一層面紗掀開後又一層面紗。

從一開始她就這樣了。或者應該說，從她自認為和我的相遇是個錯誤就已開始。植物的開花結果莫不承繼著自然時序的輪替，男女關係也一樣，怎麼會像她這樣倒果為因，把我們的關係界定為義務性的履行，而不是愛情。

我會記得這麼清楚，是因為這天晚上的國慶煙火響徹雲霄，難得窗外還吹來了帶著秋意的晚風，落地紗簾款款飄舞著，這時我們雖然還在冷戰，但怎麼抵得過外面正在熱戰的天空，蠢蠢欲動的話題就這麼浮現了。

「應該會下雨。」她輕聲說著，像是自言自語，然後把客廳的燈關了，還踮起腳尖看了看外面的街景。

在這充滿著暗示的鼓舞之下，我不免也跟著她淡淡地回答：

「是啊，大熱天吹這種風，說不定真的會下雨……。」

這樣的一說又一唱，可想而知，多像艱辛的戰場上馳援而至的感人音符，兩方總算感應到了，很自然就在苦旱的心中奇妙地合拍起來。

冷戰後的兩條平行線，總算累了，來到了孤單的鐵道上交叉換軌。

當然，她全身還是又拉上薄被，只露著一隻手擱在床緣，就像等著把脈的醫生來。你光看這長長的睡衣袖子，就知道她又在備戰，全身的毛細孔就像沙子在沙灘，所有的骨骼包括膝蓋骨、鎖骨和頭骨，無一處不對我嚴陣以待。

她說要自己解釦子，絕對不能信，何況這些釦子只用來裝飾。平常她有兩件睡衣輪流替換，運氣好的話就輪到較寬鬆的這一件，從下襬撩起直接穿過頭頸最合情理，但她還是寧可像捻珠那樣求心安，一顆一顆慢慢解，只能體諒她好歹吃了幾年苦，外面又渣又壞的男人太多了，沒有帶著委屈之身回來已經阿彌陀佛。

釦子解完後她轉身背對我，再無任何動靜，就等著我自己去摸索。通常這道關卡也最難闖，彼此開始陷入一陣你爭我奪的肉搏戰，直到熱汗直流都還沒把她的內衣扒光，當然最後兩人還是都會贏，就像玩著青梅竹馬的遊戲。

「我跑上樓，都聽到外面的叫賣聲又恢復正常了，結果我媽還趴在地上一直發抖，一看就知道嚇壞了才從輪椅摔下來，但我懷疑她根本不知道那是地震，大概又以為我爸派了怪手來砸她的天花板。像以前有一次，他喝醉酒回來，我媽嚇得不敢開門，他說妳再不開門就派卡車來撞了，結果真的打電話開始叫人你知道嗎？」

接著還有。「你在急什麼？後來他莫名其妙突然戒酒，我媽反而更擔心，因為沒喝酒打女人更恐怖，都是靜悄悄的，你根本不知道他什麼時候會不爽。選票開不出來也打，怪我媽人緣不好，才會跑掉那麼多婦女票。有一次最惡劣，她娘家弟弟送月餅來，就是我小舅啦，居然把人騙到浴室裡反鎖，恐嚇他再不勸我媽蓋離婚章，以後親戚都不要再來往。」

「店長，你一定要這樣嗎？」

「我幫妳把腿抬高一點，妳繼續說。」

「嗯……，你還沒看過他夏天的樣子，在家裡每天打赤膊，穿那種薄哩稀的大內褲，流汗時都變透明，裡面晃來晃去的你知道嗎？只有老一點的女管家才留得下來，連那幾條狗看了都會叫，真不敢相信那些做官的，說不定他們也一樣髒，不然怎麼還跑來跟他握手，真的髒死了。」

「我想起來了，有一次，我把自己關在房間裡不吃不喝，管家在門外都叫不應，我還讓她發現水一直從門縫底下流出來，嚇得趕快去通知我爸，不到十分鐘救護車的擔架就抬上來了。結果你知道嗎？我自己開門走出來的，還面帶微笑，穿著新買的高跟鞋。我媽那時已被打跑好幾天，一直等不到她的消息，才故意這麼做的，不趕快把他氣死，我自己真的會死掉。」

「妳說他什麼事都做得出來，那妳為什麼還不怕？」

「我管那麼多，小命一條啦，誰叫他把我媽折磨成那樣。你好了沒？我還有很多事沒說完，要不要聽，我再講最近發生的一件就好。他派一個實習醫師帶著護士去看我媽，然後回來寫評估報告，看能不能在造勢晚會上讓她坐輪椅出來揮揮手，多拉一些同情票，當選後要競爭議長的位子才不會太難看。你認為這對我媽有什麼好處，要不要答應他，還是不要跟魔鬼打交道？」

「最好不要有期待，沒來往已經那麼久了。」

「我也認為是這樣。不過我有想到……，」她突然翻過身來，大概一時不察，以為我身上還穿著白天的襯衫領帶可讓她揪住的東西，一看竟然是無衣可靠的我，情急之下猛鑽到胸口，喘了一喘才說：「如果你願意把我媽接來這裡住，我最高興了，以後我會對你好一點。」

「這是兩回事。而且妳本來就很好。」

「店長，不要這樣說，我不應該對你不好……」

聽來很像是她的心底話，說到一半聲音停下來。

「我不會怪妳，我自己還要再努力。」

「我一直覺得對你很不公平，你知道嗎？」

「嗯，我當然不知道，我知道的事情實在太少了。」

由於煙火放完了，屋裡又陷入寂靜，只聽見紗簾一拍兩拍輕觸著玻璃。

你還沒看過真正快樂的素，我也沒有。就快要看到了。

以前略有印象的是舉著鞋子要我倒酒那一次，不過那只能算是痛苦的快樂，屬於不知快樂為何物的少女的沉淪。真要看到快樂在她臉上像朵花，是週日這天下午的月台。

我依約來接她，隔著柵欄看見她從火車上跳下來，那張臉本來靜靜冷冷沒什麼表情，一看見柵欄外的我馬上踮起腳尖，同時搖晃著輕款款的手，臉上倏然漾開了彷彿多年不見那樣的喜悅，然後急急穿過人群跑到面前來，說著跳著，兩手抓著我像在慶豐收，除了歡天喜地沒有其他字眼可以形容。

「媽媽會走了耶。」她說。

「我跟在旁邊看著，很慢很慢的，但是真的會走了耶。」她說。

「早就跟她說了嘛，以後就可以慢慢走出來了。」她說。

那盈盈的笑靨帶回到家裡還盛開著，到處都是沉浸在喜悅裡的聲音，小瑞修咬著鉛筆從房間跑出來抗議，我則一路看著從她臉上綻放的神采，一件小小的快樂就能這樣鼓舞著她，可見生命中她的匱乏是那麼單薄又純粹，一下就把心裡的缺口填滿了。

而我等著趁虛而入的就是這一刻，已經期待多久了……

由於鐘錶行很快就出現了盈餘，拆帳後我把分到的錢帶回家，卻不敢聲張，只能暫時把錢藏在暗櫃裡，等著她什麼時候心情好再拿出來。冷戰多日後，錢已快發霉，現在這個機會簡直天外飛來。

趁她洗澡的空檔，我跑進房間取出裝錢的紙袋，就等著她來到客廳。我們說好了傍晚要出去吃飯，而我實在已等不及，只好用一張報紙把錢掩在茶几上，等著她自己來問，這是什麼。

幾分鐘後她走過來，果然如我所願，就這麼問著了，這是什麼？

我正色告訴她：「阿素，這是我的心意。」

「什麼心意，生日蛋糕？皮包？天啊，你買衣服給我了？」

她當真坐了下來，瞧著那張報紙，一臉困惑看著我。

我等她坐定，正式掀開報紙說：「這些就是妳認為的髒錢。」

她沒說話，眼裡一絲不解，直直看著我。

「我和濤聲拆帳，分到的就是這些錢，想交給妳又很擔心妳會不高興。我只能說，平常在我們手上進出的，誰又知道哪些錢乾淨，哪些又是骯髒的錢？但至少妳也知道，我每天一大早起床，再累也不敢睡，為的就是拿回這些我所付出的心血。我真的不知道應該怎麼做，妳才不會再跟我冷戰，所有的錢都是混在一起的，妳可以把這些錢當作是我自己賺來的嗎？」

她還不說話，所以我就直說了。

「如果妳同意，就把這些錢放在妳名下，明天我帶妳去開戶頭。」

「妳想想看，就算拿著乾淨的錢去做壞事，難道就可以被原諒嗎？」

「再說，誰看過乞丐把盤子裡的錢丟出來，說『我不要你的髒錢』？」

「何況我也不是乞丐……，」

她靜靜聽，沒有我預期的開心，聽完濛著眼，看來有話要說了。

我多麼期待她能稍忍住，若還是認為自家老爸不該那麼壞，何不再想想，又有哪個男人不是當了父親才變壞的。我不知道她會說得多難聽，趕緊起身去廚房，一邊想著濤聲交代的另外一件事。他想要的那個願望比我的處境更難，想都別想。難得今天她心情好，也不見得常常能這樣，若不是媽媽突然會走路，輪得到我來教她錢的道理嗎？何況她的快樂總有個極限，從車站帶回來的額度差不多快用完了。

「你說的很對，我懂了。」她突然這麼說。

說得太簡短，又太爽快，聽來不像真的，表情卻又很真。

「阿素。」

「什麼事？」

「沒有，我只想說，我聽了很安慰。」

「錢放你那裡就好，沒必要對我這樣。」

「不，我已決定這麼做，這樣更有意義。對了阿素，我還想到，其實我們存進去的錢，經過銀行櫃檯輪換幾百次後，再去把它領出來的時候，早就變成新的錢，根本不用擔心。」

「店長，你不要一直放在心裡。」

「阿素，我還想再說一件事，如果我們連每天用的錢都不知道乾不乾淨，那實在更沒必要把自己的家人分成好人、壞人。」

「你想說什麼？」

「濤聲想來看看自己的孫子，都要上小學了，還見不到……」

「餐廳訂好了，我們應該先去吃飯。」她說著站了起來。

◆

就我所學，客人花錢買錶當然不是買時間，不戴錶的人擁有的時間一秒也不少，唯一的差別就在身上的佩戴，一種完整性，就像一個婉約的微笑可以點亮臉上的神采。

否則時間是買不來的，每次看到濤聲躲在人群背後猛吞藥，就能體會權勢越大者最怕的是什麼。看他意氣飛揚，吃的藥卻都是重量級的降血壓和降血脂，聽說膽固醇也早就破三百。司機老黃偷偷告訴我，晚上幾點要去哪個女人家，事前的藥也不可少，不同對象都有不同的時間調度和劑量。

「今晚這個，半粒可以啦。」剩下的半劑直接丟到窗外。

有時就在路上發牢騷：「幹伊娘，這查某討緊緊，我看三粒嘛無夠。」

在車上，老黃負責倒水配藥，明明氣色已變差，掙的還是男人一口氣。

「什麼都想贏，每個女人都要打敗，難怪一堆藥。」他說每次坐在車子裡等濤聲，都能預測差不多幾點幾分可以回到家，對方年紀或姿色還不足以判准，要看纏功，最怕載著濤聲去找母老虎，一晚下來靜悄悄不見人影。

濤聲會那麼在意阿素，我本來百思不解，後來總算慢慢能體會，他一定覺得老了，不免想到自己缺的是什麼。尤其半個月前突然昏倒送醫，病榻旁只有滿臉橫肉的兒子輪流來過一次，到了第三天只剩我一人，難怪他一時語重心長，不斷叮嚀要來家裡坐坐的想法。

阿素想了兩天。我猜她把我的話聽進去了。

「來沒關係啊，愛來就讓他來。」

雖然不是很情願，卻也沒有拒絕，倒是怏怏然說起不快樂的過往。

「店長，你小時候窮，有窮到一根牙刷還要和別人公家用嗎？不騙你，我每天早上都在找自己的粉紅色牙刷，每次都被拿去用完隨便丟在水槽裡，三個哥哥沒一個承認，但我知道他們故意的。你知道為什麼要故意嗎？他們從小就習慣瞧不起女生，這種心態都是被我爸教壞的，而他自己更壞，我媽嫁過來第二天就被他派到工廠，後來發達了就忘掉一切。好像男人都這樣，最後都是女人在承擔，既然都這樣，我就不明白為什麼還要再忍耐。」

接著卻是這麼說的：「但我知道你不一樣。店長，你的口袋裡隨時都有一把小剪刀，你承認嗎？我當店員那時就注意到了，每次走到外面抽菸，吸兩口就把火頭剪斷，再放進一個小鐵盒裡，等下次要抽再拿出來。這就是吃苦，別以為我看不懂，我們家就是沒有一個會這樣，才會那麼糟糕。你租的房子比我的還爛，躲在巷子裡面的巷子，還有你的摩托車早就停產，一大早還看見你蹲在路邊鼓著嘴巴猛吹火星塞。而且你很善良，每次都把客人不要的盒子箱子捆起來堆在後面，收破爛的經過時就送給他。」

「我以為妳只會注意巴西時間。」

「店長，為什麼我願意回來你知道嗎？我願意和你一起吃苦。什麼都沒有也無所謂，說不定以後就會慢慢有，我也不是反對你用髒錢開鐘錶行，又不是不知道你為我好，我很難過是因為被你誤解，以為我沒辦法吃苦……」

「阿素，濤聲看不起我的行業，我更想做給他看。」

「那你告訴我，他最近是不是生病了？」

咦，妳聽誰說的，是有一點啦。我笑笑說。

「老了嘛，男人只有這時候才靜得下來。」
「妳還不想睡，那我也來說個小時候的故事，想不想聽？」
「哼，早該說了，為什麼你要對我這麼好，我真的好想知道。」

◆

使我感觸最深的，通常不是故事本身所帶給我，而是女人。

我很高興素願意聽我說故事，遺憾的是，說著故事的當時我毫無預感，並不知道冥冥中其實我正在說著素的未來。如果早知道她是故事裡的隱喻，當時的我別說是一字半句，光憑想像就已讓我自己不寒而慄。

所以，我當然還是說給她聽了。

「我八歲的時候住在外公家，吃飯時最少十幾個人，但是飯桌只有一個，所以早就規定女生不可以和男生同桌，都是男生吃完，第二批才輪到她們。那天傍晚很特別，大家吃得靜悄悄，聽得見灶房裡的柴火突然剝一聲爆開。我因為是第一次聽到，就很好奇轉頭去看，才發現一堆女人擠在灶房裡，有的在添柴火，有的站著、蹲著小聲說話，裡面有我的表嫂、阿姨和那些表姊妹們，竟然還有我舅媽，她雖然是舅舅的太太，照樣要分開吃，我想如果外婆還在，說不定也是和她們一樣的待遇。而飯桌上雖然都是男人，但只有兩個人有權利蹲在長板凳上，一個當然是輩分最高的外公，另一個就是舅舅，因為他是戶長，掌管一家大小和莊稼事物。阿素，妳剛才說女人都被瞧不起，其實從那個年代就這樣了。」

「快告訴我，那時你是第幾批，你坐在哪裡？」

「阿素，我小時候的故事說不完，不如我們到房間慢慢說。」

「你又想怎樣？」

「別緊張啦，我們可以半躺在床上，想睡就直接躺下來。」

我拉著她進去，兩人和衣斜躺，她在棉被上壓出壕溝般的警戒線。

「這樣你就沒機會再騙我，快說，你坐在哪裡？」

「我們又不是搭火車，沒必要坐得直板板，妳先拿枕頭靠在背後。」

「就怕你直接趴上來嘛，上次就是這樣害我上班遲到。」

「阿素，我只要想到小時候就很感傷，不會對妳怎樣的。」

「那就快說吧，我好想聽，到底你坐在哪裡？」

「我當然和他們坐在一起，不過就是擠在長板凳的尾巴啦，就是萬一有人突然站起來就會害我摔下去的那種。雖然我是寄養的，但至少也是男生，所以我排第一批，可以和他們同桌吃飯，每次我都拚命吃，好幾口都是為我媽吃的，一想到她還站在街上和別家小姐搶客人，我含著眼淚也要多吃一碗……。」

素突然伸手過來抓著我，滿臉的表情酸酸疼疼皺在一起。

「但有一次，我轉過頭的時候，才發現我姊姊竟然也擠在灶房裡，原來我阿嬤生病了，她臨時被安排來外公家吃飯。阿素，這輩子讓我最心痛的人就是我姊姊，因為幾個月後她就死了，早知道的話，早知道那是最後一面，我不可能還坐在那裡吃飯，至少我會自願和她輪在第二批。妳剛才說要吃苦的事，這真的很重要，我聽完就想要跟妳說這個故事了。一直到現在，我還在後悔，為什麼我會那麼殘忍，讓即將死去的姊姊看著我吃飯……。」

「店長，我聽到這裡好難過，就知道你是很溫暖的人，好想叫你一聲哥哥。」

「溫暖有用嗎，姊姊還是救不回來。」
「如果你是我哥哥，也許當初我就不會逃家了。」
「那我不是虧大了，而且也沒有能力盡到哥哥的責任。」
「就算你不是，但我覺得有什麼苦悶都好想跟你說。」
「現在就可以說了，只要可以讓妳更好，做什麼我都願意。」
「那不一樣，誰知道以後你會不會變成另一個余聲濤。」
「我現在都變成店長了又怎樣，妳早就忘了我的名字。」
「良厚有可能是以後會變的良厚，店長是我永遠的店長嘛。」
她斜靠過來，拿起我的手放在她的手背上，竟然真的叫了聲哥哥。

◆

這天是濤聲和素的團圓日，還有小瑞修，為了讓他見見阿公，特別安排了個假日。我負責大掃除，拖地板，清垃圾，爬在梯上擦玻璃，連冷氣主機、室內機都洗得乾乾淨淨，還在陽台清出一塊空間擺上小圓桌，讓濤聲萬一碰到什麼措手不及的狀況，還能逃出來抽根菸。

素負責桌面以上的清潔，但其實我早就做完她的份。我只差遣她去買水果和咖啡豆，結果她回來時一籃子加倍量的蔬菜，我看了心裡暗笑，濤聲怎麼敢留下來用餐，那天我只是轉達素沒有拒絕他來，當場已把他捉弄得說起話來口齒不清。

「不知道會坐多久？」素有點不耐煩。

「如果還想常常來，他應該知道快點走才會受歡迎。」

「店長，這件事你要負責，最好別讓我更討厭他。」

「濤聲很上道的，阿素，多看看他的優點就好。」

門鈴響了，我去開門，她躲進了房間。

濤聲的狀況還真的不是很好，樓梯爬上來會喘，一隻手撐在門框上，我忘了應該先到樓下等他。他指指空無一人的客廳，我默默朝他點著頭，再把他手上的禮物接過來，東西沉甸甸，可憐爬了五層樓。

請他入座後，我問他要咖啡還是茶，還是兩種都要。他什麼都不要。兩眼四處搜尋，敵軍早已失去蹤影，但他還是戒備著，屁股淺淺坐不到一半，不曾看他這麼惶恐。再讓他空等下去不是辦法，我看也差不多了，決定先把小瑞修請出來。我只在門口敲他一小聲，馬上跑出來鑽到我背後，差一點拉不住他。這小子未免也太懂事，才上了幾天的小學課程就這麼伶俐，難怪多年後也那麼伶牙俐嘴對待我。

「來，瑞修過來叫外公。」我說。

「外公。」

「好好好，你就是瑞修嗎，長得好壯，幾歲了？」濤聲站了起來。

他可不只是甜甜喊了一大聲，還伸著肥短的手攬到濤聲背後，再把臉頰貼在他的肚皮上摩蹭幾下。我根本沒教他這麼狡猾，不知怎麼弄的就沾上了余家的真傳，一下子跨越了他媽媽的恩怨情仇。

接下來，素就不能繼續關在那房間裡面了。

「瑞修，你去叫媽媽出來，說外公到了。」

「好的，外公請等我一下。」還敬了個禮。

當然，在這難免有點折磨的等待中，濤聲的處境一定不好過，直直盯著那即將打開但就是還不打開的房門，這對他多殘忍，誰要他生個病就起了這款慈悲心。不過，說他財大氣粗又到處強取豪奪，還不知道以後多少明槍暗箭會對著他，他應該慶幸有個阿素這根刺，隨時插在他的惡夢裡，由她帶頭反抗未嘗不是好事，可不見得親生骨肉就能忍受他，從她開始意識到自己已經成為女人，大概就知道女性的世界本來就不那麼美好了。

素還沒開門。我還是端來了一杯茶，他連喝三口，看來是累壞了。

4

那台跑車繞過三角公園開上來，還連叭了兩聲，想也知道不會是別人，直接停在成排的燈籠花前，滑亮的紅色顯得更耀眼。阿雲聞聲迎上去，車門一打開，果然就是多日不見蹤影的瑞修，還是那一副黑森森的墨鏡，不知道換了跑車有沒有順便換掉尖酸刻薄的脾氣。

等阿雲跟著他走上來，我才發現後面還有一個人，她抱著從後車廂搬出來的兩個大袋子，一時沒拿穩，總算冒出了啊啦的臉。原來袋子裡的是禮物，因為她直接抱到阿雲手上，這時我除了聽見一聲謝謝，瑞修還補上一句：「雲姐，真的很為妳高興哦，婚期敲定了一定要寄帖子過來。」

會有這種事並不意外，上次那位師傅就悄悄透露了，果然是真的。但既然是好事近，卻只有我被蒙在鼓裡，不知道阿雲為什麼絕口不提，我又不是沒見過世面上的人生起落，把我晾在一旁究竟什麼道理。

他們一進門來，阿雲就把水煮好了，還把茶盤捧到沙發桌上。看來他又要泡茶，且已開始燙壺又溫杯，也沒問我最近都泡哪裡的茶。你可能也習慣了，這種場合往往沒有我的聲音，不然啊啦早就安排我坐在執壺者的右手邊，我卻只能閉嘴忍受著那不怎麼樣的茶藝。一般以右手執壺就得尊重左手的細緻，讓它像個溫柔的女人幫忙取茶、置杯和維繫茶席的美感完整性，而不是光靠目中無人的大手在指揮交通，別人看他撲蒼蠅那樣的大幅度揮灑，難道不會疑惑這人究竟和我什麼淵源。

「電腦我買好了。」他說。

啊啦一聽馬上去拿袋子，原來另外一袋才是送阿雲的結婚禮物。這時我才注意到阿雲還沒走開，她提著熱水過來後就坐下來了，這畫面有點怪，以她平常那麼一板一眼的進退，不會不知道這是家人的小聚會。但也實在很難得，終於可以和她坐在一起喝茶，她就像個自家人露出了原來那麼柔美的笑臉，難怪外面早就有人愛上她，看起來就是個一定會幸福的女人。

「上禮拜我打電話去醫院，還問不出那個心測報告，你確實有去做就好，醫生的意思是你本人還是要再回診，讓他親自看看病人本身的反應、專心度還有對話能力上的問題。你最近覺得還好吧，有沒有更明顯的狀況？雲姐，妳有發現他怎樣嗎？」

阿雲先搖頭，然後我接著說：「吃了藥真的有效，我也不知道之前到底是怎麼了，現在的狀況都很好，後面那些山坡已經可以越爬越遠，有一次下來時還走了很久才到家。阿雲在這裡也做得很順手啦，到處整理得乾乾淨淨，對了，你們回去的時候順便摘幾條絲瓜，沒想到種得那麼好……」

難得輪到我說話，說得情理兼顧，竟然只是說了算了，根本沒人回應。

瑞修這時卻又提起了那台電腦。

「該有的軟體都有了，最缺的還是沒有一個聯絡人。」

「要聯絡誰？」我說。

「這要問你，不是說要寫信，總該有幾個寫信對象，這就是聯絡人。」

「我再想想，看還有誰忘了聯絡。」

「還有，這是你的帳號和密碼，」他從口袋掏出一張紙，「都寫在這裡，你就記住這個英文縮寫，可不要以為是別人，結果是寄給自己。」

「唸起來好像是娘好、涼後、糧耗……，」

「不喜歡再改，你倒是應該學上網，平常就不會太無聊。」

哈哈哈，我笑笑說：「怎麼不會上網，就算忘了，阿雲也會教我。」

「啊啦。」啊啦突然說。

「雲姐不做了，做到今天。」他說。

「哦。」我說。

原來還是只有我不知情。平常這裡只有我們兩個人，照理說她也可以對我輕描淡寫，說些很累了不想做了之類的，我又不是不能理解。可見她那隻手還真的受了傷，傷得很重，不然為什麼這樣對我。

茶泡好了。我相信你也大概沒喝過這麼苦澀的茶。你看他把高山茶泡成了普洱色，就知道人生多少遺憾都是因為我行我素造成的，我本來想要叮嚀太滾燙的水不要直接沖壺，浸泡也不宜太久，但我能說嗎，他會聽嗎，何況我一聽到阿雲辭職的事就什麼都說不出來了。

不信你看他那口茶還含在嘴裡，算他還有自覺，啐出來就難看了。

「既然雲姐要走了，有沒有需要再補一個人進來？」

一抬頭，才知道他在對我說話，我只好看著阿雲說：不用了。

◆

說我不懂電腦，何不乾脆說比爾蓋茲也不懂。年輕時要是追不上一點科技怎麼當店長，起碼收發資訊都是基本常識，公司對內公告和發布產訊也都在網路上。你從瑞修對我的不了解就能看出我們的疏離，他上高中和大學都住外面，當兵就更不用說了，聽到噩耗才匆匆趕回來，接著就是監獄對我的隔離，然後又是他對我的隔離，因此不妨說，這台筆電連結不起來的，恰就是我們之間所失去的。

我又在這裡提起筆電，是因為夜深人靜掀開面蓋時，才發現桌面的夜空掛著一粒孤星，原來是個照片匣，點進去馬上讓我一陣鼻酸。照片大都是瑞修當兵前所拍攝，那時我還頂著一頭黑髮，素則在四十出頭歲的當時猶然一副清新俏麗的樣貌。

那是我們一家三口的小團圓，所到之處不外古城小鎮，不然就是夏日的海邊。

但其中一張拍了我的側影，顯然是在無意中匆匆所攝，拍後大概不甚滿意才被他塞進抽屜裡。那麼，此刻他又藉這機會掛上來，學問就大了。

我還記得那是個微風徐徐的春日，風中飄來了花粉，或也可能樹上掉落的松針帶著沙塵，總之素的眼睛突然蒙進了異物，用力一眨就睜不開了。

畫面裡的我，側身，嘟嘴，吹著素的眼睛。

若不細看，瞧那貼得多近的兩張臉，還真像花前月下的親密愛侶。

就算瑞修無意任何指涉，我看了照片還是頗吃驚，他似乎逼著我再看一眼，看看還有什麼是我不想看見的。而她睜不開的樣子多像隱含著某種暗示，暗示著有一天她將會看不見，看不清，就像在那有點張皇不安的春天裡，頻頻眨著不知如何是好的眼睛。

照片裡的時間背景，大約就在素出事的前一年。可能你已發現，我把最後一年的素，挪近到眼前來了。並非更早之前的那段歲月不足取，而是這張照片和悲傷一樣來得太突然，想迴避已來不及。

事實上照片中的素，若我不提她的年齡，很可能會被誤以為她還在爬著五樓公寓，實則那時早已住進十五樓的頂層新廈，生活雖還不是很富足，起碼房子有了，她的摩托車也報廢了，而且已在一家投顧公司上班，跟著一些股票大師投資買股，也賺了一些錢，懂得在我往前走的路上安排她自己的時間。

素很聰明，是個有打算的女人，只要觀察她前後截然不同的履歷，就知道前面那幾年她真的是在履行幫忙賺錢的承諾，由於賺的錢不多，孩子又小，不得不到處摸索又碰壁，連粗活也做，什麼苦都願意。

也因為謹守著一起苦的心意，彼此都在呵護著一個共同願望，那樣的苦都不以為苦，甚至還認為生活本來就應該那樣，突然多出來的東西只當它是意外的犒賞。

那樣的日子，素會在我大約回到家的時間走出巷子，雖然她說是散步，但最後還是會站在路燈下，讓我開車回來時馬上可以看見她。有時我下班較晚，也不忘在電話中逗逗她。

「家裡有沒有男人？」

「剛走不久，有什麼事嗎？」

「妳還是要養成習慣，不要老是忘了關門窗。」

「這很難說，你還是趕快回來吧。」

素有一種酥軟的口音，聽久了像催眠，不然很好聽，會覺得她剛醒來，不會走遠，連去拿杯水都沒力氣。但聲音裡的素，透過電話卻又顯得嘹亮又悠遠，尤其當她說著今天遇到誰，或突然被加薪，那快活的聲音就像整個人忽然也嘹亮起來，彷彿一整天還沒說過話，終於找到願意聽她說話的人。

一直到我的鐘錶行上了軌道，她腦袋裡的世界也從此展開了各種想像空間，除了開始接觸一竅不通的股票經，也學看圖，學畫圖，畫的都是股友社的朋友教她的那些平均線，早上看盤，午後聚在咖啡廳裡談股論線。而她向來就對數字敏銳，各種線圖很快就懂，一到晚上還為我開解盤課，說得頭頭是道。

「想不想知道上市公司的每股盈餘怎麼算出來的，我教你。」

「為什麼八十塊的股票貴，八百塊的反而便宜，我教你。」

「股票套牢該怎麼辦，你知道嗎？我教你。」

一年後，那家她認為正派經營的大型投顧找上她，從此開始在那裡上班，除了下海買股，還跟著所謂大師到處舉辦巡迴講座，開班授徒之餘順便招收新會員，忙得晨昏顛倒，再也不是我最熟悉的樣子。

到底那已變成了什麼樣子的素？好比就是第一次參加舞會回來的少女，躺在床上傻傻望著天花板，嘴角會笑，兩眼閃著魅惑的迷離光，滿腦子那些漫舞中的音樂、醇酒、輕聲軟語、旋轉的霓虹光影……。

◆

那段日子，鐘錶行的展店計畫進行到第七家時，三個舅子突然一起找上門，說要清查帳目，我才知道濤聲股東又病倒了。我忘了他已將近七十歲，平常和我說話還是老大架勢，還曾兩次趁著打烊繞過來帶我去喝花酒，點幾個年輕妹黏在他身邊，規定我只能看著他玩，要我喝到七分醉自行回家。那時的他表面上還硬朗得很，一點也看不出什麼病狀。

三個舅子沒給我好臉色，說要查帳卻像來抓賭，只差沒有一聲令下叫我不准動。我則曉以大義，告訴他們開鐘錶行不比賣珠寶，這種滴滴答答的東西就像牆上的掛鐘，秒秒都有聲音當證據，分店的開辦費都是調用前一家店的錢，這叫錢滾錢，只可惜時間不能滾時間，你們總得給我時間，讓我再熬一陣才拿得出好看的業績。

論歲數他們沒一個比我大，三個加起來倒是氣焰熊熊，看完了帳簿還要看存摺裡多少現金，我說都是阿素替我保管，你們就去問她，這才讓他們把那虎虎的惡相收斂下來，走到店門外分頭去找他們開來的車子。

隔一天，濤聲電話就來了，說他還在住院，但沒什麼，只是心臟多出了兩根支架。

他說，當初拿那筆錢出來開店，早就算在阿素身上了，你多開一家分店，她以後就能多一份保障，其他的你別管，這幾個混帳我看透了。

我聽了眼眶微熱，不曾想過他在老後還有這番不一樣的格局，原來凶猛的老虎也有一顆柔軟心。不管是因為生了病才體悟，或者本來在他心裡就有這樣的自我救贖，我覺得都一樣令人窩心。素和我一起苦的意志至少已貫徹了十年，濤聲的心意來得正是時候。

我急著親口告訴阿素這件事，聽完電話馬上提前打烊回家。然而她的反應極冷淡，顯然沒有認真聽，只嗯一聲代替回答。睡前我又說了一遍，這時她的回答卻是另外的回答，若我沒聽錯，她說的是自家投顧公司未來的輝煌遠景。

「我們的會員越來越多，公司正在籌辦週刊，半年後就要上架。」

「投顧不比投信，有些都是股友社冒牌的，妳不能太相信。」

「店長，你落伍了，我們顧問是哈佛商學院畢業的，你能相信嗎？」

後來她的聲音逐漸轉沉，我以為就快要睡著了，於是隨手把燈關掉。

沒想到黑暗中，她卻突然問我，「以前我曾說要把你當哥哥，還記得嗎？」

「還有點印象，不過我本來就不是。」

「雖然你不是我哥哥，但我覺得你還是我哥哥。」

「好像跟妳說過了，我會很吃虧。」

「如果你是哥哥多好，我們就可以無話不談，不是嗎？我真想知道，假設而已啦，就是萬一的意思嘛，萬一有人說他愛上我，而我忘了馬上拒絕對方，只知道這種事怎麼可以……，可是又傻傻的掙扎，不知道該怎麼辦，你說說看，如果我就是你妹妹，這時候你會怎樣，會很生氣嗎？」

我只記得當時這麼回答：「我不會原諒妳。」

5

給重櫻的每封信裡，雖然所寫都是回憶，但只要時間允許，我還是願意娓娓道來，素的故事也如預期般往前進行。但由於素的轉變完全意想不到，緊接而來就要揭開她的內心，而她卻又是自己的妻子，再怎麼掩飾還是覺得不光彩，遂有一陣子很難再寫下去。

剛好那段期間，牢房的管制因犯人逃獄而轉趨嚴格，寫信的心思暫且停擺，但這不影響重櫻來信的頻率，幾天後我又收到她的信，而這次她主動談起了自己的婚姻：

在那學運方熾的年代，我們何其有幸，不再那麼輕易就被逮捕，或遭受無情的刑求和重重黑牢，街頭上我們有媒體輿論的保護傘、鎂光燈的照耀以及蜂擁而至的群眾那般熱切的鼓舞。就以我和那位學長來說，人人稱讚我和他是最登對的街頭情侶，畢業第二年，我們的婚禮現場擺滿了官員和團體致贈的花籃，我們備受祝福和期待，眼看著就要踏上光明的未來。

但那個未來來得太快。少了中間過程那一大塊，也就是你說的一起苦的情感基礎。我們沒有機會一起苦過。苦的只有女性角色，平常在學校裡做的都是跑腿工作，譬如較不需要直面抗爭的大字報、傳單、團購便當，好聽一點就是對外通訊、統一發言，但一有空還得幫忙送茶水，準備毛巾讓那些男生們擦汗。

然後等到畢業，幸運如我走進婚姻，這才知道，原來理想會破滅。婚後他找到了相當稱職的工作，在企業集團擔任公關兼發言人，從此每天早出晚歸，帶回來的是渾身酒味和不再那麼堅毅的黯淡眼神。其實從他第一次穿上筆挺的西裝，我就發現到了，一個有著堅定意志的男人，應該不會隨時注意著西裝釦子是解開的還是扣上的。即便上車下車時那其實相當短暫的瞬間，他的左手卻還是輕輕貼在腹部的扣眼上，我不知道那是從哪學來的優雅，不僅和平日所見判若兩人，也如同我所警覺，他從此迷失在那些掌聲、鎂光燈和他的顧盼與自憐之間。

我不怪他，畢竟這就是男人。可惜也是個自我倒退的人。

重櫻令我訝異的是，在這超過十頁的信裡，她提起了兩件小事。我看得出她有點沮喪，那是離開街頭和婚姻後難免會有的感傷，但很奧妙，由於這兩件事談到了我，彷彿又讓她回到過去，且很明顯好像在黑暗的心靈中緊緊揪住了她自己。

那間教室裡，我還記得你被調侃的樣子，四周因你而起的噓聲越來越多，而你緊鎖著嘴唇，直到走出教室仍然不發一語，或許那是你最軟弱的時刻，但也可能那時你最堅強。為什麼我還有這個印象，因為這個小動作和你後來在法庭上的表現完全一樣，不論法官准你陳述或公設律師不斷為你辯護，你一概不為所動。你本來就是那麼軟弱的人嗎？我根本不相信。我多麼希望你是最後一個讓我相信的人，寧願你的沉默並不是軟弱，而是在抗拒，才把所有的祕密和委屈都吞進肚子裡。

但有一次，也讓我看見了最可愛的你。

我已忘了那是什麼話題引來的靈感，你真的把手錶和維修工具帶來教室，就在鋪了絨布的課桌上一式擺開。你低著頭，很快在我面前拆解了錶鏡和錶殼，而我以為差不多也就這樣了，你只想讓我見識一只手錶的拆裝程序而已。

沒想到你進一步取出了整組機芯，K金色的錶殼就像被掏空了心臟那樣。你開始轉動手上各種精巧道具，然後，一個個造型相異的小零件就這麼神奇地展露在眼前，我聽不懂那些專業術語，只知道你還要讓我看著它們組裝回去。

但就在轉眼間，在你滿頭大汗的轉眼間，一個頂多指甲大的零件突然滾到了桌子底下。你自己嚇到了，滿臉通紅，急著低頭看，說那是個又薄又細的齒輪片，說著又蹲了下去，接著幾乎就是趴在地上了。最後我趕緊跑去拿來一支掃把，就在課後無人的那個黃昏，像是尋覓著一粒灰塵，很輕很小心地掃著那一無所有的磨石地。

……

離婚後的重櫻，據我所知，已不再參與社會運動，她自己就有個政治受難者的父親，很自然就把剩餘的心力投注在相關田調上，偶有勸募得來的一些慰問金，她就帶著朋友一起去尋訪亡父的幾位同輩，那些深受白色恐怖迫害的獨居老人。

過了這麼多年，她還是走在我前面，即便已經嚐到人生的苦味。

我唯一參加過的街頭運動就是因她而起。那時她將畢業，一雙手被那個學長牽得更緊，而我會走上街頭，純粹也想證實他們黏在一起的身影。否則，我並不習慣政治性的活動，不想看到那些蠻橫的棍棒，更不願耗掉整個下午而少賣一隻錶。那次的活動名稱我忘了，只記得重櫻看到我的時候是坐在地上的，她訝異地看著我並且招手要我過去，等我一坐下來，馬上跑到服務站拿來一條黃絲帶綁在我頭上，叮嚀我不可單獨行動，才不會遭到穿便服的憲警暗算，或被誤以為對方臥底而遭受攻擊。

黃絲帶印著一行字：台灣是我的國家。

倘若沒有那行字，台灣還是我的國家，但我沒有心思玩味那個口號，心裡只有個渺茫的困惑，如果我從此走上街頭，難道她就願意和我走在一起嗎？人聲鼎沸，四周人影重重，我坐了很久，很想跟著別人大喊幾聲口號，但一想到自己失學多年的背景，根本再也沒有揮霍的本錢，最後還是低著頭默默離開。

而那時的素還沒回來找我，或者也可以說，我根本沒想到還會再遇到她。店裡的同事只知道她叫敏愫，對她離職後的行蹤和我一樣毫無所悉。怎麼知道，原來命運之神最後還是把她帶來我的生命中，甚至已經給了她一張車票，而列車正在啟動，不久就從那迷惘的街頭把我載走了。

◆

那封長信後大約半個月，我給重櫻寫了最後一封信。

算是剛好偶然，那幾日接獲了假釋申請案的進展，遂想到應該是好好跟她告別的時候。事實上我還是相當自責，答應給她作為材料的故事並沒有說完，頂多只在該有的坦誠和隱藏之間盡了力。當然我也不認為一篇完整的論述就能概括一個人，就算他已穿越作為一個人必然會有的障礙，很遺憾他已粉身碎骨，再也沒有機會成為完整的人了。

就在這封信裡，我問重櫻關於反抗的意義。有人衝撞街頭而成為名人，有人逃離家庭而成為不幸的人，更有像賴桑那樣的，只因安安靜靜寫著字就被魔鬼關進黑牢——那麼，像我這般渺小又怕事，憑什麼值得被論述，只因為我違反了世俗常理，不該那樣不顧一切地愛著一個人嗎？

信的最末，為了求得她的理解，我覺得還有一件事應該告訴她。

那是我被寄養在外祖父家的餐桌一景。前面我已提及，包含我姊姊在內的十幾個女人，她們輪第二批，一起擠在灶房裡等著上桌吃飯。沒錯，我還說過那天傍晚的飯桌上特別安靜——因為飯桌上只有一道菜，也就是一鍋鯽魚。

我已忘了那是紅燒鯽魚還是乾煎鯽魚，當然很有可能就是紅燒料理，卻又沒有很講究，潑幾下醬油燜一燜就起鍋的那種。那些鯽魚是從池塘裡一尾尾撿起來的。

池塘裡繁殖了太多的小魚，牠們搶走了所有的食物而讓那些老魚越來越瘦，加上水面爬滿了浮萍、青藻和不斷叢生的布袋蓮，舅舅便決定來一次大換池。經過大量放流後，池底的泥淖中不斷閃跳著銀灰和土黃色背鰭的，就是餐桌上的這些紅燒土鯽。

鯽魚多刺，用手或筷子都很難挑刺，只能每次一小塊魚肉放進嘴裡，但還不能隨口嚼食或捲到牙床兩側，而是讓它稍在舌上停留，就像測試著酸甜苦辣的滋味那樣淺嚐即止，然後才開始用舌頭探刺，只要發覺有刺就慢慢讓它歸攏到舌尖，最後才用手指將它們一根根捏出來。

那天傍晚，每個男人就那樣沉浸在挑刺的靜謐中，不再有莊稼方面的爭執，或有誰一拳頭搥在桌上的怒罵，或者那種死不吭聲到最後才爆發的大雷雨。那是我所聽過最安靜的聲音，彷彿一切的紛爭只來到舌尖，因為這裡的刺最多，一不小心就會痛。

我不習慣街頭上那些喧囂混亂的對抗和吶喊，想來和我從小耳濡目染的食鯽印象有關。一直以來我所以沉默不語，不見得就是沒有民主的素養，反之我對愛情的看法也一樣，從我發覺素並不因為愛我而結合，到後來我卻還是深愛著她，不就像吃著鯽魚時那樣細膩又安靜的，唯恐造成任何一點點傷痛的心情。

最後我略帶暗示地告訴重櫻，素打破了這分安靜。

◆

家裡開始出現瓶瓶罐罐的陶瓷。

她每週一次買花換盆，各式的小瓶文人花置上窗台和餐桌小轉盤，水盆裡則是她最愛的藍色鳶尾花，偶爾也有單獨一枝的素心蘭夾在書與書的間隙，然後再擺個小櫸木的盆栽跨在門口的高几上。

「有人要來嗎？」我問她。

「才不要人來，是我們應該走出去，看看人家的生活品味。」

「妳要不要說來聽聽？」

「店長，像你就不應該再穿這件夾克了，又不是要去拜票。」

她已習慣穿起長洋裝，腳下的高跟鞋把她婷婷地拉長了，以前只是隨意混搭就出門，客串賣錶那年還是被迫換下牛仔褲才有那一身的白衣灰裙，整個看來她對現在的自己大概最滿意，但還不足以說她有什麼隱情。

我還另外看到的，是晾好了衣服蹲在家事陽台，身上睡衣短褲一臉灰灰的餘緒，而這時卻還有一根菸夾在她的手指間緩緩飄起，兩眼看著不知何處為止的白色瓷磚、逃生門和垂直的瓦斯幹管。她的瞳孔靜止不動，在昏黃的崁燈下無異於貓的眼睛那樣靜極思動的澄明。

我知道那是什麼。

那是想要走出去的一股心思，一個念頭，一種蠢動狀態。先蹲下來，思索，頓挫，半點猶豫，也許還加上一點狠心。這是我早該料想到的，也許從她一再問我巴西時間就應該看出來了，這是問題的原點，過早的少女叛逆所留下來的創傷，從此成為女性自身永遠的缺憾與匱乏。

而她所遇見的我，本來不該是我，只屬意外的宿命，一個女人的命中之命，於是只好在那除夕夜抱著命中命來和我圍爐，從此告別她曾想像的愛，直到現在才又想到應該把愛找回來。

我不想讓她知道我看見她，回到電視機前繼續轉台，從5轉到99，直到天外飛來一個臭和尚透過麥克風對我講道。素抽完菸進來後，說了聲晚安就進房去刷牙。瑞修從金門寄來的貢糖原封擺在沙發桌上，電視櫃上堆著一盤圓圓扁扁的柑橘，春節過後冬天就來了。

我後來躺上床，翻了幾個身還聽見她在房門外講電話，那酥軟的嗓音經過壓抑變成遙遠的呢喃，但我還是側耳傾聽，只想聽聽她的聲音還在或不在，我最怕的是聲音不在了而她還不想走進來。

我曾用心設想她這半生，大半時間在外流浪，獨自一人起居，完全享有充滿存在感的自由，直到大量的自由反過來懲罰她，使她付出了身不由己的代價。

而此刻，她似乎正在尋找她所失去的，那失去的什麼正在心裡折磨她，雖然也許有點晚了，但在她四十歲後的女性身上其實並不晚，甚至更勇猛，好有一股想要把青春扳回來的誘惑，十八歲的叛逆之後就不曾再有了。

素有四件長洋裝，其中一件是我最喜歡的橄欖綠，鑲著灰金紋。就在這天下午。她推開車門，裙襬底下跨出了她的短馬靴，可惜她並不是要來和我喝下午茶，而是發現了濤聲的車子就在附近，趕緊跑過來要把那男的拉走，而這男的還不知情，正把他的額頭緊貼在反射玻璃上，瞧著咖啡廳裡有沒有不該碰到的熟人。

而他真幸運，我和濤聲跟他一點都不熟。

「這個人你認識嗎？」濤聲看著這張玻璃臉說。

我只認得這件橄欖綠，我心裡說。

濤聲是明眼人，馬上把臉轉回來，繼續談著咖啡桌上的第八家分店。

我看著她跑過來把他拉走後，喝了一口水。

◆

牢房裡的某一天，想著素偷偷蹲在陽台抽菸的情景，不知何故，右腿大拇趾突然抽搐起來，然後像一陣無聲閃電穿透腳踝，再沿著脛骨爬上膝蓋而來到了大腿根，整個過程安靜又神祕，快速抖動幾秒後又快速消失。

後來，只要又想起她，竟然那樣的抽搐又再來一次，一樣從大拇指鑽進來，接著很快就直抵股間。而且我還發現可以控制它，譬如指使著意念集中在腳盤時，那奇妙的顫抖竟然就會在那裡盤旋不走；或只要放任它繼續竄升，它真的會馬上越過膝蓋關節，像一隻隻爬鼠橫行在大腿間來去自如。

為了確認這神奇閃電並非偶然，便有一次乾脆放縱到底，沒多久，包括骨盆腔、胸腔、乃至整個頭頸只要有骨之處，全線神經果然串連起來一起抖動著，還發出了起乩那般不知何物的碰撞聲，牢友見狀後發覺不妙，緊吹著口哨喚來獄卒，這時我才默默喊停，讓一切復歸平靜。

只不過是神經性的反射，我卻不明白為何總是因為她。

在她後來逐日的轉變中，已不復聽見那熱切的解盤聲，反而當我走近時，趕緊把那些線圖遮掩起來。可想而知那陣子的股市經過強烈震盪後，大概讓她賠了不少錢，但這絕對不是關鍵，似乎還有某種情緒正在捉弄著她，使她一會兒笑，一會兒陷入恍惚。

她也逐漸改變了作息，比平日早一小時起床，出門卻還是遲到，耗掉的時間都在穿衣鏡前，鏡子裡是各種料色、款式和鬆緊度的試裝，挑定後她才又回到化妝鏡裡，坐在那裡看著越來越漂亮的自己。

「店長，你看，我還要注意什麼？」

「今天的粉好像比較厚，這個客戶有那麼重要嗎？」

「你不曉得，重要死了，老闆才特別指定我去參加。」

前前後後換了三雙鞋，還不太放心，挽起皮包又試走兩圈，直到覺得步履輕盈，這才開門走出去。我不認為她要去做壞事，但很可能就是蠢事，女人做蠢事時通常最美。她現在的心思必然有著某種憧憬，曾經失去，想要找回來，否則不會把自己打扮得這麼天真。

遲來的憧憬是那麼傷人，難怪直到現在此刻這間牢房裡，彷彿還聽得見她在暗夜裡的啜泣，然後一次又一次竄入我的腳尖，宛如天堂的來電，不斷呼叫著店長、店長、店長那樣不知所措的聲音。

◆

那一聲聲呼喚經過了這麼多年，想來還是讓我感到心酸，本來只是用在我身上的口語，一來到夢裡馬上把我叫醒，淒淒切切一連聲，沒頭沒尾，就像半夜裡下著一場驟雨。

我後悔做了那件事。如果當初可以選擇不知道，我願意不知道，從此過著什麼都不知道的日子。

但那樣的情感將更不可能是愛，而是縱容，是隨她去的冷漠，必然不是我想要的生活。我還是寧願接受什麼都知道的痛楚，那才像我，倘若一個女人不曾讓你感到痛，那才真的沒有愛，什麼都不知道但也什麼都失去意義。

於是才有了那個假日夜晚，那是我們最後一次躺在那張床上，出於我的不懷好意，不，是我堅持想要確認她的心思還在不在。如果她已走上歧路，她的身體會讓我知道，女人的身體向來遍佈著神奇感應，只要一經碰觸馬上就能打開祕密。

當我們上了床，果然就像躺在冰上取暖那樣困難。

其實她還有機會隱瞞，只要和往常一樣躲在棉被裡，給我一點虛情假意，應該就能矇混過關。可惜她忘了這麼做，也許出自於不想欺騙的善意，卻又太過笨拙，不知道男人在這種時刻其實最懂。那突然僵直起來的肩胛骨，還有緊繃在乳側兩邊因而顯得凹陷又突兀的肋骨，對了，還有那雙可憐的眼睛，那雙眼睛不敢看我，充滿著她的不安、猶豫、不知如何閃躲的驚恐，急著闔起來又急著想要睜開。

我們沒有草草了事，而是一直無法了事。

後來她想了個辦法，要我先出去外面抽根菸。

我給媽媽打一通電話，她說。

那通電話沒有很久，大抵就是妳要多學走路喔，天涼了記得加衣服。

她講完電話後，我並沒有再回到房間爬上床。我甚至已經知道了對方是個左撇子。就在她躲著想要轉身時，我稍稍拉開被子的瞬間，就突然看見他了。他以平常慣用的左手，集中力道在她右側，才會那麼粗暴地留下傷痕，從腋下直接滑過乳房下方，不像刀傷，而是凌亂的、並不深入的指痕，可見當時的愛撫多激烈，而他又那麼目中無人。

我最怕的就是這一刻，但沒想到這麼快就來，而且是以這麼難看的方式讓我看見。其實當她津津樂道著公司的遠景，我大約就知道了。當她對著鏡中美美的自己眨眨眼，那一瞬間更令我吃驚，那是即將穿越所有界線的一個小動作，細膩、神祕、渴望冒險再加上有點過頭的期許，難怪眼睛一眨就穿越過去了。

奇怪的是，我並不恨她，而是把所有的憤怒灌注在那人身上。雖然我一直沒有回應是否願意成為她口中的哥哥，起碼當我看著她穿戴出門時，那股憂心和疼惜是唯有將她看待成自己的妹妹才有的，而那傢伙一下子就把她摧毀了。

我沒有點菸，就站在房門外，後來坐在客廳，再後來闔上眼睛。

◆

整整一個月，我看著她逐日明顯轉變。那是從峰到谷的陷落，像一隻雲雀飛過青翠的森林，很快又墜入一層濃霧一層冰，那越飛越低的身影最後停在枯枝上，累了，已叫不出聲音。

她已不再早起，出門也沒有盛裝，臨時請了假卻又無事可做，打電話問我人在哪裡，問了卻又無話可說。我掛了電話匆匆趕回家，她正在陽台澆花，每個盆子淹滿水，掉光了葉子的枝莖奄奄一息。

我依然看得出那是什麼。她已幾歲，能遨遊多久，每天談錢的行業裡究竟有誰跟她真心。她沒有別家女孩慢慢長成女人的經驗，沒有足夠的智慧忍住當時的叛逆，也沒有多餘的熱情走上民主街頭，她的憧憬太慢來，一來就掉進了深淵。

而我以為日子終究會過去，只要讓她沉澱到底，自然又能重生。

幾天後遇到了濤聲，話題聊到家裡時，原本我只是輕描淡寫，讓他知道阿素最近壓力大，睡不好，精神看起來很差。但濤聲這個人，一旦病好了又聲如洪鐘，尤其只要聽見阿素又怎樣了，兩眼馬上瞪大，再怎麼沒事都有事，非要把他的關心傾吐乾淨不可。

「叫她趕快辭職。」

「股票套牢很多人，不是只有她，聽說公司大門還被開槍。」

「要我的話也會去丟炸彈。你說，阿素是不是把錢賠光了？」

「不會吧，我不敢問她。」

「幹，錢那麼好賺？還看不起我的錢。」

接著又說：「這樣吧，店裡現在還有多少現金，你先清出來給她，以後都算我的。」

我不敢讓他知道，店裡只要有錢，早就直接匯進她的戶頭。

隔兩天，濤聲竟然叮咚進來了。

事前他並沒有告知，大概已等不及，而阿素開的門，父女兩人就這樣對上了。

他們第一次見面是我安排的團圓日，她從房間裡出來雖然不情不願，至少躲在房裡還有個緩衝時間，何況又穿插一段小瑞修的即興魔術，平添了幾許笑聲才化解僵局，不像這次兩人直面看傻眼。

十多年來他們雖然偶爾碰到面，大都就是人眾場合，阿素總是扮演她的旁襯角色，冷冷不多話，對濤聲過度的關心根本不領情。

但這回，來者熱騰騰，才坐下來，阿素竟然掉下眼淚。

濤聲看看我，等我給他什麼暗號。可惜連我自己也看不懂。

「你來做什麼？」她說。

濤聲心裡怎麼想，嘴裡自然就是怎麼忍。在他古老的經驗裡，余家女人哪個膽敢這般放肆，早就先來三巴掌讓她哭完再說。然而這一刻，他看到的卻是不知如何是好的眼淚，怎麼會在從來不哭的阿素臉上出現？他清清喉嚨，乾乾的笑紋堆滿臉，強撐著他所能忍受的憂心。這時門鈴卻又響了，來者司機阿泰，手裡掛著兩袋子，胸前一大落的水果盒。

「兩種牌子的雞精，妳都試試看，還要什麼儘管說。」濤聲說。

「我要死。」她說。

濤聲又看看我，我聽見他的喉底哦了很大一聲。

「有這麼嚴重？妳在說什麼。」

阿素不再回答，氣氛直往下掉。我起身去倒茶，以為阿素就要把話說開了，究竟賠了多少錢，連我都不知道，但至少濤聲已說過，他會負責到底，再沒有什麼大不了的事。

原來是我錯估形勢，事實並非如此。她那三個字是個訊號，如果早知道，我應該留在身邊打圓場，說些安慰的話。總之我不該去倒茶。我才剛把茶葉丟進陶壺裡，已經聽見兩個人大吵起來的聲音，聽來字字句句都是佘家老掉牙的冤仇。但我越聽越覺不對，佘家的哀怨一向都在女人身上，這早已是人人知道的老傷口，以阿素的個性，若還有什麼要控訴，不會忍到現在。

等我把茶沏好端出來，她已不在位子上，而是繞著短短的四人沙發背走來走去，看來已接近歇斯底里，頭髮都散掉了。

「錢能解決的事，沒必要再扯到其他。」濤聲說。

「本來就沒必要，都是我自找的，反正這一生就這樣毀掉了。」

她說完又帶起崩潰的情緒，開始狂哭起來。

我不得不又想起躲在右乳下方的傷痕，還有這一整個月來起起落落的那些徬徨，這下全懂了，光想到已不寒而慄。我一直憂心的，原來她已碰上了，睡不好、走不動、吃不下，全都因為外面那男人。那個憧憬才開始，沒想到幻滅如此快，而剛上門的濤聲不過就是帶著前塵往事的陰影來，難怪一下子擾動了所有的悲傷，觸景生情也罷，無從宣洩也罷，全兜起來時終於讓她泣不成聲。

濤聲不忍她這麼傷心，趕緊上前去安撫，結果一伸手輕觸到她背後的肩膀，馬上使勁掙開，反而轉過身來，突然握緊了拳頭，像一陣陣的擂鼓不斷搥落在他胸口，力氣之重，節奏之急切，彷彿用盡一生的恨意，最後哇一大聲跪倒而下，久久地顫泣著難以平息。

我把濤聲送走後，素已爬起來靠坐在沙發，疲憊地枕著旁側的扶手。

我上前小聲喚她三次，才緩緩把身子打正起來。但我明白，這種時刻問她什麼都不可能有答案，同時我也認為，只要跟她說說話，就我做得到的告訴她，也許還能使她平靜下來。

於是我說，我已經想了好幾天，打算把目前的七家店全部收掉，我們離開這裡，找一個可以安靜過日子的地方，我去當修錶師傅，一切從頭開始，沒有人知道什麼，瑞修退伍後會來和我們住在一起。

我還說了很多，甚至特別強調說，其實我很喜歡修錶，只有在修錶的過程中我才會真正感到快樂，因為那很像在修補一個生命，當你聽見秒針從自己的手上復活，那一瞬間心跳停止，呼吸靜止，只聽見秒針答答跳動的聲音。

當然我說得太多了。

她的眼神空洞，臉上掠過渙散又迷離的暗影，而我不以為意，覺得只要讓她靜靜聽我說著話就會好起來。因此我又喃喃自語，我說乾脆來煮兩杯咖啡吧，我也好累了啊，我們喝完咖啡去餐廳好好吃頓飯。

磨豆聲短暫響起的瞬間，落地鋁門被她推開的瞬間，我同時聽見風吹著桌上的紙頁，然後是啪啪啪的什麼物件掉下來，然後又是啪啪啪的翻頁聲。我衝到客廳一看，看見了素的衣裙，只剩一角的素的衣影，像一條風中的絲巾，從十五樓陽台的夕陽餘暉中飄了出去。

我愣在原地，腦海混亂，渾身顫抖，聽見聲音掉在路上，聽見外面的世界驟然靜止，幾秒後才陸續傳來遠遠近近的驚叫聲。但我的意識只剩驚恐又模糊的幻影，感覺天堂地獄突然混成一團，此外再也聽不見，看不見，只知道自己也在墜落，像一團火變成煙，熄滅在她剛剛飄過的半空中。

十分鐘後我聽見有人叫我的名字，接著是又緊又急的敲門聲，然後撞門聲，然後一小群人來到了門口會合。最後他們終於等來一名鎖匠，而他掏出的鑰匙正在戳入我的心臟，於是我趕緊調整沙發上的坐姿，讓自己看起來毫無悔意，並且盡我所能適度冷笑，等著他們衝進來時看見我的無情。

第四章

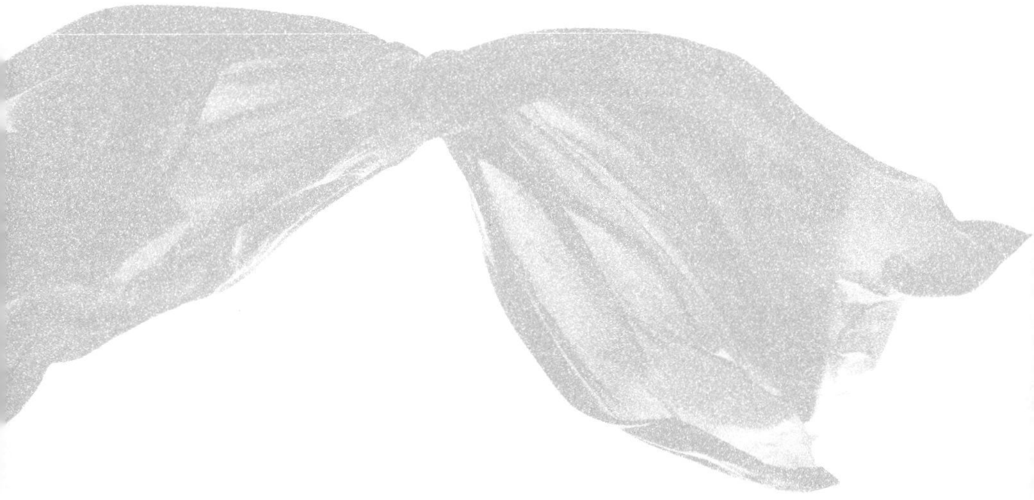

1

整理素的遺物中，我送給她的手錶不見了。

那只手錶鏤刻著歷史意義，出自瑞士一位老師傅生前最後的手筆，造型細膩奇巧，錶面的纖毫小字竟是一行詩，意在詠嘆人生猶如朝露的雋永小語。我升任店長那年參加世界錶展，在投宿酒店的附近巷子看到的，八十歲的老店家告訴我，一個月後他將熄燈關門，很樂意轉讓給我好好收藏。

後來我將它送給素，就在她回來重逢的那幾天。我們只辦妥結婚登記，沒有錢宴請賓客，也來不及為她戴上金戒項鍊或其他珠寶，這只錶就用來紀念那段失聯的歲月，同時也象徵著我們還要一起走下去的時間。

然而它不見了。

除了皮箱裡的一些衣物，她留下了一個暗青色的藤編籃，有蓋子，旁邊的銅釦橫插著一支精巧的藤閂，看起來雖不神祕，卻因為人已不在，打開它的剎那間還是禁不住恍恍然的一陣悲傷。

箱籃裡是一幀幀她和母親的合影，一本沒寫完的日記，還有她少女時期珍愛的橡皮擦、絨毛娃娃、刻著愫字的心形墜子；竟然也有只剩半瓶的香水，以及泛黃的一封來自巴西的郵簡，信封寫著拙嫩卻又哀傷的字跡。

而應當就在裡面的，真的不見了。

如果只剩半瓶的香水都能收藏，有什麼理由沒有好好保存它。

我不能不聯想，越想就更疑忌，原本不敢想像外面那男人，卻又覺得只有他的嫌疑大，他是那種明明和我們毫無關聯，卻橫生一條岔路把我們攔截下來的人。因此我大膽臆測，素把那只手錶轉贈給他了，甚至還不見得是由她轉贈，而是被他看到後直接奪走，就像他也奪走了素的天真。

我打電話到以前那家投顧，電話裡的女生說她沒聽過這個人，輾轉接聽的主管卻說他還記得，那人叫李卓為，已離職三年。我依照他透露的繼續找，果然還是同類型的另一家投顧，接電話的是個歐巴桑，問我要不要加會員，不斷抱怨這個姓李的把一大票老會員帶走了。

連續碰壁後，才想到連自己都已出獄，可見事過境遷已多少年。但越是找不到，那種找不到的痛反而更痛，對方就像把我們洗劫一空的蒙面黑衣人，此刻他也許還趴在別人身上，而我以前竟然一直想要徹底忘掉他。

我上網搜尋這個人，很快找到他和另一家公司的連結，原來還是打著金融商品的包裝名號，倒是增列了幾個兼營項目，包括法人資產重估、個人資產規劃，以及遺產稅海外所得稅等等節稅事務。總經理李卓為，哈佛商學院李卓為，衍生性商品權威李卓為，這應該是他目前為止最稱頭的職銜。

然而就算找到他，又能指控什麼，指控眼前一無所有的夢幻泡影？

◆

一個人如果每天談錢，他的嘴角會較深，有的是右邊的嘴角，有的則在左邊，那是因為口水經常滲漏而形成的溝痕，象徵一種垂涎欲滴的貪婪，隨時都想掠奪別人的口袋，有時也順便染指別人的身體。

眼前這位，若不是嘴角那麼深的溝痕，其實長得很好看，身材標準且又略帶英挺之氣，兩眼橫長，五十歲了還有傲人的睫毛。這種帥氣往往也是男人身上最靠不住的東西，還好他有的是錢，全身阿曼尼，有錢還怕不浪漫，素也許就是迷惑於過多的浪漫而被擺布，虧她平常對人冷冰冰。

我較納悶的是當年透過窗玻璃看見他時，頭上還有茂密的黑髮，如今卻都不見了。當然他高興就好，也許這款噱頭正在流行，既前衛又像反璞歸真，整顆頭剃得光溜溜，硬把它弄得像個男性器官，真不知道所為何來，偏偏又在鼻梁下留著短髭，好像為了彌補頭上的不足，這又何苦。

我還沒說明來意，他已開始顯露驚慌之色，事實上警衛把我擋下來時，我只在對講機裡說我出來不久，他就知道了。從他遞來的名片，才知道這傢伙已爬上了副總裁，難怪房間沙發比酒店包廂還氣派。他要我坐在對面，過大的玻璃几好比隔著汪洋，這種官式排場頗嚇人，說句話就得扯嗓門，好讓他送過來的聲音更加盛氣凌人。

「開什麼玩笑，我怎麼會拿那種東西。」

「你再想想，它對我很重要。」

「多少錢？」

「你說什麼？」

「問問而已，硬要說我拿了什麼錶，總該讓我知道它值多少。」

我笑笑說，當年用的是港幣，換算台幣還不到兩千塊。

我簡單說完後，發現他斂起了笑容，本來深陷在沙發裡兩腳開開，此刻總算扳回那副欺人的架勢，改由兩條腿交掛在膝蓋上。兩千塊對他來說可能是個打擊，恐怕已開始擔心我要的不是錢，以他這得來不易的崇高職位，要是一上任就扯上女人，當然害怕隨時會被換下來。

這時他左手的尾指不自禁地抖動了幾下，但也還算機警，拿起咖啡杯馬上掩飾了過去。果然就是這隻手。這隻手除了用來解開女人的釦子，可能事後也用它來掏香菸，再讓沒用的右手幫忙點火，順便在他吞雲吐霧時幫忙安撫她幾下，最後再聯合左手穿上襪子鞋子好讓他走出去。

這時他似乎想通了什麼，轉換了口氣說：「道義上和法律層面，我都問過律師了，根本不需要負什麼責任，這個你最清楚，當時就是因為你們吵架，你把她推下去的不是嗎？」

「我被收押時，你有沒有去捻過香……，還是躲起來？」

「不懂你的意思，不過我心裡也有過不去的地方。」

「是怎樣的過不去？」

他看看我，開始東張西望，有點焦慮，也許很想知道現在時間幾點，卻不便看錶，而房間裡又找不到掛鐘，只好望望其實還早的天色，再用他的眼尾等著我什麼時候走人。

我知道再問下去就太愚蠢了，於是轉回原來的話題。

「你再想想看，說不定你有拿，忘了放在哪裡。」

「根本就沒有，不如乾脆一點，你們要多少？」

「為什麼說『你們』？」

「你們一起的不是嗎？你兒子前腳剛走，還拍我桌子，我只是沒報警。」

……………

◆

這要我怎麼接下去。本來問完就要走了，他卻又提起我兒子，兒子不就是瑞修嗎？我怎麼知道他來做什麼，所有的事他一概不知情，就算還有什麼陰影抹不掉，平常對我發發牢騷不就過去了。

倒是眼前這傢伙，把人看扁了，滿嘴還是錢，越講越難聽。那就這樣吧，我突然打定了主意。原本站了起來又坐下，指指電話告訴他：

「你要不要先打內線，通知你的助理不要再進來。」

「什麼意思？」

「我有話要說。外面天色太亮了，你最好也把窗簾拉下來。」

「到底想怎樣？」

「你應該聽我說個故事，我姊姊的故事。」

「我還有很多事要忙，沒必要開這種玩笑。」

「去忙，我在這裡等，不來就用大樓廣播讓大家聽到。」

他當然不會去拉窗簾，所以我說得很小聲，像在自言自語：

我有個姊姊。那時她念小學五年級，我們不常見面，她跟著祖父母，而我被寄養在外公家。兩家距離不是很遠，但在鄉下農村尤其是小時候，連腳踏車都不一定有，你就知道那有多遙遠。但有一天傍晚，我看到她了，她跟著表姊妹和同樣女性的長輩們擠在灶房裡，就等著男生吃完飯輪她們上桌，這時我才知道她是臨時被叫來，原來祖母生病了，家裡沒有人燒飯。

這個故事背景我曾經對人說過，大可不必還要說得這麼詳細，免得讓你以為我在繞圈子。但其實這很重要，我相信你也能體會，我們一生當中曾經錯過的許多事物，往往都因為當時不覺得有什麼，所以就錯過了。

我轉頭看看灶房裡的姊姊，然後繼續吃我的飯，就這樣錯過了。

如果早知道過沒幾天她就死了，也許我會，哪怕不被允許，我一定會忍住自己的那一碗飯，端過去讓她先吃飽。你可能無法理解，那時候的我們每天有多餓，吃的是好消化的地瓜稀飯，消耗的是走路，不停地走路，走路上學、走路回家、走路揹著年幼的弟妹、走路去趴在別人的花生田撿拾那些採剩的穗粒。

我要你去把窗簾拉下來有我的用意，真的，天色太亮了，你不覺得我的故事一開頭就很不光彩嗎？

好了，我現在就來說說她是怎麼死的：

那個夏天，我跟著幾個表哥去捕蟬。我說的表哥當然就是舅舅的幾個孩子，他們弄來了一罐瀝青，每個人一支長竹竿，而我的年紀輩分和身高都最小，只能等他們把樹上的蟬黏下來，再把蟬身上的瀝青剝掉裝進瓶子裡。樹越高，蟬就越多，叫得更響亮，我們朝著有樹的地方前進，直到突然遇到了我姊姊。她拿著一瓶醬油，就在買了醬油回來的路上，只要再走一小段路就能回到祖父母家。

你會不會嫌我說得太慢，不會吧，我們何不讓她多活幾分鐘。你看她穿的衣服多簡單，上身是短袖棉衫，褲子也是軟塌塌的那種棉料褲，縮水又起毛球，出門和睡覺同樣都是那一件。而因為這天是星期日，她又愛乾淨，更愛漂亮，總捨不得假日還穿著白衣黑裙，都洗好晾乾後分好幾次壓在重物底下像燙過那樣，當然更不可能去買瓶醬油還穿著它出門。

但我不知道她為什麼一定要去買那瓶醬油。這是她短暫人生中的最後一瓶醬油了。其實如果她買的是路邊小販的麥芽糖、捏麵人之類的，也許就會稍作逗留而和我們這幾個捕蟬的錯身而過。可惜偏偏就是買了雜貨店的醬油而且走過來了。

表哥裡面年紀較大的，念六年級快畢業了，眼尖的他突然停下來，他發現我姊姊那條睡褲靠近大腿內側破了一個洞，這使他莫名興奮，馬上轉頭對著其他三個嘻嘻笑著，然後伸長了竿子去探那個破洞。等我姊姊會意過來，急著想要掩住雙手用力抵抗時，已來不及，竿子那頭已經伸了進去，而四下無人，只有越來越高亢的笑鬧聲。

你會不會想問，這時我在哪裡？我站在一旁。我傻傻地看著竹竿隱沒在褲洞裡，雖然很想大聲制止，但你也知道，我本來就是很軟弱的人，否則怎麼還坐在這裡說故事給你聽。原來我從小就那麼軟弱了。在那支竿子伸進褲洞之前，其實我還以為那只是做做樣子而已，他們總該知道她是我姊姊，結果他並不這麼想，在他眼中，也許只要是女性都算是別人，才會那麼大膽，當然就不把我放在眼裡。

沒想到的事情就這樣發生了。這時他玩夠了，總算要把長竿子收回來，結果往回一抽，黏著瀝青的竹竿就這樣把那整條褲子扯了下來，而我姊姊就那樣光溜溜地愣在那裡，受到很大驚嚇那樣，滿臉蒼白地看著我。

他們知道闖了大禍，拖著竿子跑掉了。

後來我才知道，那天傍晚她沒有回家。幾天後傳來了噩耗，她連續發燒兩天就死了，醫生判定死於日本腦炎。你對這種病大概不陌生，聽說感染源是病媒蚊。你當然也知道夏天是最容易感染的季節，防範病媒蚊就得注重居家環境衛生，更不能像我姊姊那樣，到了傍晚還躲在樹下、水溝旁，或者某個悲傷的人生暗處不敢回家。只要小心就能安然躲過的病媒蚊，竟然就在那無比羞愧的夜晚叮上她，如同惡魔盯上了她的生命。

你知道我為什麼要跟你說這個故事嗎？不要光只是搖頭。你聽完總該有什麼感觸才對，別看我說得這麼心平氣和，其實我到現在還是很痛，多少年了還是這麼痛，一個是我姊姊，一個是後來的我的妻子，她們就這樣消逝在我的生命中。

好，我說完了。坦白說，我對你這種人非常厭惡，照理說應該先叫你跪下來磕頭。今天我只是來找我的手錶，沒想到你一再問它多少錢。如果你就像那隻病媒蚊，或者你根本就是那支捕蟬的竹竿，那我問你，你的人生又值多少，你聽完這個故事不會覺得自己實在很髒嗎？

我說完後，對方還是對我戒備著，直到我走進電梯。

其實故事只說一半，接下來還有素的故事，但我忽然覺得這個人根本不配，他不配知道更多，即便一半的不幸是他所造成。我總算想通一個道理，素的生命就是我的生命，連死都是我的死，他連這種悲傷都沒資格參與。

騎樓下插著旗子的攤位正在招徠信用卡，我繞過那幾個年輕人往右走，公車站就在剛才下車的路口，等我發覺有人跟上來，轉身一看才知道是瑞修。

公車還不見影子，我只好和他在候車亭坐了下來。

「你怎麼會來這裡？」他說。

「我才想問，你是從哪裡打聽到這裡的？」

兩父子各說一句，他問我問，他沒回答我沒回答。這樣就對了，有點尷尬又有什麼關係。就像在電影院門口，有人問你為什麼要來看電影，即使不回答也知道反正就是看了電影；但如果直接就說我來找那個人，可就還要多作解釋，總不能隨口說反正就是那個人。萬一他不是人呢？

但因為公車一直不來，迎面又吹著熱風，加上說完了故事有點難過，這時才強烈感到口乾舌燥，從頭到尾竟然沒喝過一口水，也才想到他在那個攤位上大概等我很久了。

「那個光頭欠揍。」他說。

「我想也是。」我說。

「他媽的職位越大，人就越卑鄙。」

「是真的很可惡。」

「剛才要走的時候，我跟他說，過幾天還會再來。」

「我是覺得這樣就可以了。」

由於秋天還是很熱的季節，偏西的太陽照在膝蓋上，顯得他的白球鞋看起來更白。他從國中畢業就不穿球鞋了，腳會臭，家裡那幾雙早就被他扔掉。這雙白球鞋必然是剛買不久，說不定就是昨天剛買的，可見經過了籌畫才跑來了這一趟。不過如果是為了壯點聲勢來嚇唬人，我覺得我們父子都不太適合。像他平常對我毫不留情，不知道的人還以為他的心性多凶狠，其實都是裝出來的，裝得很像就是了。

「光頭跟你說什麼？」他說。

「我沒問，我只是來找手錶。」

兩人說完又沉默半晌。我也覺得差不多了，暗暗盼望著公車最好趕快來，再說下去又是那種敏感話題，我猜他也不想這樣，誰願意在這麼熱的候車亭自找麻煩，問出了什麼又會有什麼，悲傷就是悲傷，有什麼悲傷是只要說一說就會過去的。

「手錶在我這裡。」他突然說：「箱子裡我只認得手錶，所以我就拿走了。」

哦，那就好，我心裡說。我不禁多看了他一眼，坦白說有點震驚，但總算可以放心，手錶要是淪落在那人手上，不就連以後的每分每秒都還要被他糟蹋。

那就好，沒有第二句話。我知道，他知道，這就夠了。至於他為什麼來這裡，是在辦案、明查暗訪？除非他自己願意說，否則我還是盼望公車快快來，我們沒必要再去踩傷口，素的生命是這麼短暫，她身上的名譽還是最重要的，何況死後的生命。

「是不是還要轉兩趟車，太熱了吧，乾脆我載你。」他說。

◆

公車沒搭成，換來了紅色跑車上的這段路。

車頂很低，紅色的皮椅更低，稍往後躺看不見路，往前俯身卻又像在地面飛行。我不清楚瑞修賦予這台跑車什麼意義，在我看來，他從小和我一樣，都不是崇尚速度的人，會突然改換這種車型，必然有他想要拋開一切的念頭。這是對的，連我都暗暗踩著油門說，快，再快一點，我們都太慢了。

他第一次載我是去醫院，這次則好像載著我歷劫歸來，我忽然覺得好感慨，很想跟他說些什麼，但就是說不出來。素曾經佔據我的全部，想當然也同樣佔據了他，既然我們都已度過共同的悲傷，可見悲傷已所剩無幾，加上今天這裡的巧遇，他拍了桌子，而我也知道了手錶的下落，以後也就這樣了。那傢伙不也就是這樣而已了嗎？

紅燈停，他看著前方告訴我，啊啦媳婦懷孕了。

「你來幫我們取個名字吧。」

「啊，實在為你高興，但你要我取名是真的嗎？」

他沒回答，也沒點頭，卻在方向盤上按了一大聲喇叭。

今天什麼日子，我們多久不曾這樣了。我突然激動得快要忍不住眼淚。很奇怪，每每都在不知道怎麼表達悲傷或喜悅時，特別想哭。素的傷痛一直就是我的傷痛，從她最後的生命那一瞬間開始，從瑞修請了喪假回來搥在我身上的那重重一拳開始，長久以來我已經不知道該怎麼表達了。

「電腦想好了沒有，你的第一個聯絡人？」

「我已經知道大概是誰……」

「早就應該這樣，其實不用急，有了第一個很快就有第二個。」

本來我想告訴他，只要一個就夠了，但車子已經開到門口。

我沒想到他會跟著下車走進來。當他在那排燈籠花前倒車停好，我已備好了茶具還煮開了熱水。若我沒記錯，這是我們第三次泡茶。這次他總算不再堅持要執壺，反而專注地看著我在茶席上的每一道動作。

「你喝喝看，今年的第一泡冬茶。」

「很淡的味道。」他啜了一口嘖聲說。

「冬茶就是淡，茶韻留在最後，會有一種很悠遠的滋味。」

「嗯，我想也是。」

他擱下杯子，掏出香菸點上，大概臨時想到，突然遞了一根給我。

也許他都未曾留意，為了失智該有的逼真，我早已戒掉了二十年的菸癮。

但再怎麼說，這根香菸是絕對不能戒掉的。這時我就像扶著年久失修的巨大煙囪，戰戰兢兢地將它含在嘴裡，等著他上火。然而，他劃開了打火機卻又停了下來。

「爸，你的菸拿反了。」

2

屋後的山徑，蘆葦草已有半人高，最後的蟬聲都叫完了，眼前就是柑橘的季節，路旁一簍簍剛採收的橘子隨處可見。但除此之外，平日常見的山客已銷聲匿跡，一趟下來看不到幾個人影。

新冠疫情舉世蔓延，連風險最小的荒郊也提早進入冬季。

宛如大地休眠的日子，突然接到一封寄自南部的來信。

寫信的是賴桑的兒子，說父親要他代為提筆，難怪我認不出陌生的字跡。原來賴桑生病了，住院已有一段時日，他希望見我一面，卻礙於醫療院所禁止探病的規定，幾天前乾脆出院回家調養，因此要他來信邀請。

難得出門一趟，我總算戴起了口罩，匆匆趕上午後兩點的高鐵。

還不到一個小時，賴桑的兒子已在站上等著我。滿口抱歉車上還有魚腥味，請我不要嫌棄。他掩著藍色口罩，顯得一張臉更黝黑，看起來比瑞修稍長幾歲，駕駛座下方的長雨靴大概是臨時換下來的，果然小貨車發動後一股腥味馬上撲過來。

「我在出海口養了幾個虱目魚塭，閒來就去海釣，沒用的人。」

「很好啊，你有沒有聽你爸爸說過，我也愛釣魚。」

「哈，我還聽到更精采的。等他病好了，我帶你們去最好的釣點。」

話題轉回到賴桑的病，他說肝癌手術很順利，一半以上的痊癒率。

「我爸一生鬱悶，得這種病實在沒什麼好說的，過幾天我會開始陪他在附近散步。如果你不嫌棄，很歡迎你住下來，這裡的清晨和傍晚都很有特色，而且只要走幾步就到沙灘。」

後來他指著魚塭的方向說：「快到了。」

我搖下車窗，海風帶著鹹味吹進來。我沒告訴他，小時候就曾經住在海邊，冬天的風特別喜歡吹散窮人家的屋頂，到了黃昏，常常看見從海邊運來的棺材車經過家門口，最後停在天后宮廣場，紅色棺材印著圓滾滾的黑色福字，對著殿裡的觀世音菩薩悽慘地笑著。

這麼多年後，坐在這台小貨車裡，我卻莫名地告訴他，我喜歡海。

應該是太過安靜的山帶來的遺世感，一直讓我感到不安。

「那我開上濱海大橋再繞回來，你一定會喜歡。」

穿過運河不久，右側出現了一排透天矮房，他指著一棟煙燻過的二樓外牆，熄了火。

◆

眼前的老舊房子像個窄管通道，一穿到底，空間末端應該就是廚房，卻因為幾個人影晃動著，而室內又開著白天的燈光，顯得裡面那些人看來像一團團黑影，從那些黑影中傳來了合唱的歌聲。

「我們慢點進去，今天剛好是教會的人來做禮拜，在唱聖詩。」

他帶我繞過屋側來到後面，才發現這棟邊間房子有塊空地，而剛才看到的廚房，原來連著鐵皮屋頂落在後院草地上。我隨處瀏覽一圈後，簡直開了眼界，香蕉樹、蓮霧樹和芒果樹當圍籬，圈出了一個又腫又胖的小院子，無數個大小陶盆堆疊在草地上，紛紛開著白色的花：白色的木槿、白色的百合、白色的土茉莉、白色的狗牙花、白色的生石花，甚至也有平常罕見的白色水晶蘭……，只有炒菜用的九層塔含冤莫白，卻又特別種在毫不死心的白色盆子裡，滿園白得好誇張，雖然一片素淨，卻也呈現著令人迷惘的無力感。

賴桑一直念念不忘的，原來都在這些白色盆子裡。

「我爸說他這輩子唯一的貢獻就是坐牢，所以拿到冤獄賠償金後，湊一湊才買下這間房子。花花草草都是他自己種的，每次澆水的時候就碎碎念，說這些不值錢的東西就像他的生命。」

聽他這麼說著，我才忽然警覺到腳底下好像踩到了幼嫩的根莖，趕緊跳開了。

倒有個畫面還停在腦際，剛才看見的二樓，那樣一片煙燻過的黑牆。

「是不是曾經發生火災？」

「喔，那是前一手留下來的。他就是貪人家便宜，還說受難者就要像個受難者，沒有什麼好計較的。其實我去買幾桶油漆刷一刷就看不見了，他就是不同意，這樣你就知道這個人多麼頑固了，到現在還留著當紀念。」

聖詩唱完了，裡面頓時靜下來，他貼牆去聽，告訴我說牧師正在祈禱。

教會的人離開後，我們才繞回到門前走了進去。

◆

賴桑半躺在斜背藤椅上，身上覆蓋毛毯，脖子繞一條圍巾，還把一件夾克外套披在膝蓋上。客廳並不冷，教友們剛剛離座的沙發還有餘溫，我坐下又站起來，撿起他略微激動而滑落的毛毯，他的手冰冷又削瘦，一碰觸到禁不住把它握在手裡。

「我就知道你會來，但沒想到這麼快，還以為大概明後天。」

由於戴著口罩，平常呵呵掠過語尾的笑聲悶在裡面，聽來是哦，哦，哦……的微弱氣息。「別擔心，再休養幾天就好了。」他接著說：「你還好吧，上次聽你說要回到老本行，後來有什麼進展？」

我略搖頭告訴他，還沒放棄，一直都在腦袋裡。

「至少還要等到明年吧，明年白色杏花開。」我補充說。

果然他還記得那天晚上自己說過的，又哦哦笑著。

本來我想回答一事無成，但想想又忍住，沒必要當著病人如此自貶。事實上去年冬天別後，一路的跌跌撞撞總算接近尾聲，至少和瑞修的關係已有升溫跡象，但那畢竟是需要理解才能撫平的傷口，沒那麼快復原。我倒是盼望賴桑的上帝能顯顯神蹟，讓他健康的日子多過坐牢的日子，起碼也該多過他所信仰的日子。

「坦白說，牧師在祈禱的時候，我一直默念，最好今天就見到你。」

「為什麼，有什麼好事急著要讓我知道的？」我問他。

他很虛弱，眼裡卻忽然浮現一絲光彩，在旁的兒子也滿臉好奇。

「沒有比今天這個日子更巧合的事啦。」他幽幽地說。

我正在納悶著，廚房那邊卻有個女子的身影走過來打斷，她端著黑色茶盤，沒作聲，只把一杯杯熱騰騰的薑湯遞放在三人面前。我停下來等著，大約只要等個半分鐘就可以繼續開口，卻沒想到這時突然一陣恍惚，話到嘴邊竟然開始打結，兩眼還停頓在她的口罩邊緣。那口罩外的眼神、耳邊的顴骨以及還剩一半的臉頰，分明就是我應該認得出來的人，然而就在遲疑間，她已轉身走了進去。

若我沒記錯，怎麼會不是她。沒錯，明明就是她，卻又不敢確認，只感覺到胸口莫名幾下抽痛著，而且差點失聲叫出來。

這時聽見賴桑說：「你自己看吧，我說的沒錯，今天不就是最好的日子。其實今天她也是客人，只是剛好碰到教會的人，所以她就主動說要幫忙，打招呼弄茶點一直忙到現在，我們是應該請她過來坐坐才對。」

兒子聽了，忙站起來，朝著廚房探探頭，一邊走過去小小聲叫著：

「重櫻小姐、重櫻小姐……」

我茫茫然起身，兩手不知何故顫抖，緊緊握在指間還是微微顫抖。

過道尾端就是廚房，等著她出現的瞬間，才知道，原來還是忘不了。

◆

你可能還記得，出獄前半年，我給重櫻的信是最後一封信；而出獄以來，經過那一段亂糟糟的日子，她所等待的我也如同石沉大海。換作別人是她，恐怕早已拂袖而去，畢竟讓她失望了，我是那麼不可理喻。

因此，出於女性的自尊或者矜持，她沒有應聲而來是對的。也許當她端著熱茶過來時，她已察覺，這個坐在濱海小屋裡的男人，前前後後和她寫過了上百封信，卻在此刻默不吭聲，不敢面對，毫無表現一種稍異於陌生人的情感，甚至心存僥倖，只等著她自己走出來。

我轉頭看看賴桑，他還望著廚房等待著，一臉欣慰地笑意。

兒子則已對著手機打聽今天的漁獲，說要為我煮一桌海鮮大餐。

我終於鼓起勇氣走進廚房時，看見她兩手貼在點心碟子旁，動也不動，像是正要拿起來而拿不起來，由於想到了什麼而停在這個動作上。沒錯，本來她已準備拿到客廳了，碟子裡已擺好了茶點，六個圓形小餅，圍著中間的小蛋糕，看來是臨時湊合的巧思，用來表達歡迎的心意，可惜大概想到自己的心意早就在我身上用完了。

果然如我所顧慮，我叫著她的時候，抬起頭已滿眼淚光。

廚房到客廳，我走在前面，彷彿領著她來到眾人面前。

這時她已較為釋懷，終於叫了一聲學長，就在賴桑身旁坐了下來。此刻總算有個自然角度可以看見她，頭髮留長了，束起了馬尾垂在頸後的圓領下，一雙眼睛還是那麼瑩亮，眼端淺淺地夾著可愛的魚尾紋，口罩裡包不住的喜悅微微溢出來，看來好像已經原諒我了。

在法庭，在不止一次的審訊中，我從旁聽席看到的就是這雙眼睛，那麼專注的凝望，無視於我的沉默或閃躲，即使我已緊閉雙眼，它還是停在我的肩上等著我看見她。我不知道女性為什麼可以做到這樣，當時的我根本無從體會她的心意，甚至以為那只是同情，才會在那幾次的接見中一再避開她。

客廳裡像是來了一個新人，三個人同時看著她，似乎對她充滿著驚奇。事實也是這樣，曾經綁著白色頭巾的女孩，嘶喊著黃絲帶上的標語，接著又從迷惘的婚姻中逃逸，再怎麼說都不會是個快樂的女人。但儘管走過生命的暗路，在她身上卻又看不到那種滄桑，眼淚擦乾後猶然一副清新的率性，所有她信任過的都背棄她之後，就剩下眼前這分執著還不曾背棄她。

為了掩藏心裡的波動，我從她遞來的點心碟子挑出一塊含進嘴裡。

賴桑說話的習慣總是意在言外，這時突然一問：「你們最後一次見面是多久了？」

「畢業前兩天。」她搶先說。

「嗯，一晃二十幾年，應該去拍成電影，會很精采。」

他說完揮手叫來兒子幫忙攙扶，也交代重櫻留下來用餐。

「我一整個下午還沒餵貓，下次吧。」她說。

「喔，還有下次，那太好了。妳可能還不知道，我這位小兄弟做什麼都是沒有下次的，今晚幫我把他留下來吧，最好現在就帶他出去走走。」

賴桑把時間讓給了我們，一邊叮嚀兒子趕快去找船家取貨。

就這樣，客廳裡剩下我們兩人，沒多久我就跟著她出門了。

她帶我來到一處水鳥步道，只見兩旁大樹落著滿地黃葉，高高的樹冠交蔭在上空，從葉間篩落下來的天色暗了一層，走進步道時才發覺整個世界一瞬間靜默了下來。

她還像以前那麼健談，這時才知道原來她是老台南，就住在舊市區的木構房子裡，以前是她父親的小診所，無故遭到槍斃時她才兩歲，而母親相繼離世，最後才由她的叔父扶養長大，念書和工作都在台北，直到去年才回來打開了這扇門。

「我家門口放著兩台腳踏車，其中一台就是騎到海邊專用的，心情不好的時候我就逛到這附近來。這裡什麼都有，搭船戲水吃海鮮，甚至坐在釣客旁邊等他賣給我幾條手釣魚，然後吸飽海水的味道，覺得夠了，回家後就能安心活下去。」

「寫信的時候，一直以為妳還在台北。」

「難怪覺得我們距離很遠是嗎？我也是去年才知道賴桑住在這裡，以為他還在屏東，原來孩子把他接過來了。沒想到我的單車路徑都在他家的方圓內。你看，海那麼寬闊，人卻因為渺小反而可以聚在一起。」

然後，說到了剛才廚房裡的事。

「看到你出現在客廳，好激動，雖然我也知道你並不是來找我的，但這樣突然見到反而更感傷。何況賴桑去年就提醒我了，說你不想被了解，要我尊重你不想說的那部分，最好什麼都不要再問。剛才就是想到我只不過是個愛發問的女人，覺得自己很悲哀，才會那麼難過。」

靜靜的小路來到盡頭時，路口兩邊一大排的木麻黃連上天際。

「我們再走一次。」她說。

◆

重櫻說的再走一次，原來是往回走，她的車子早就停在賴桑家門口，顯然這一趟純粹是陪我繞道而來。不過她這句話也真像弦外之音。如果可以再走一次，對她對我，應該都是生命中的最後一次。

但我還是很愧疚，覺得根本配不上她所遭遇，她不見得是婚姻裡的失敗者，反而是從婚變中崛起的獨立女性；相較於我，我是帶著素的不幸一路走過來的，恐怕這世上再也沒有這樣的人了，就算法律基於同情也不會原諒我，那麼，這對漫長等待的重櫻是否公平？

無端湧起這樣的思緒時，連葉子飄落的聲音聽來都蕭條極了。我和素不曾走在這樣的林蔭路上。這麼說也許還不正確，我和重櫻也不曾走過。或者更應該說，從來沒有一個女人和我走在這麼安靜的小路上，包括我姊姊、我母親，當然還包括素，本來可以走在一起的，不知道為什麼還是走散了。

走到天色全暗時，重櫻的手突然勾進我的臂彎，然後問我現在幾點？

我當真撩起毛衣袖子的腕口，才知道她是故意問我，感傷地笑著說：「我就知道，果然你還是每天戴著手錶，時間對你來說就是這麼重要，不是嗎？那為什麼你會允許時間在你手上停下來……。」

這種道理誰不知道，但我還是很高興從她口中說出來。

別小看勾在我身上的這隻手，這個動作已足以讓我淚流滿面，睽違將近二十五年，書信往返長達四年八個月，多像一個翻山越嶺的少女，來到眼前時猶然不減純真的熱情，還把她的手無怨無悔伸進我的內心。

請你愛她。沒錯，一字難忘，就是這句話。去年聽到時頗震驚，以為那只是字面上的訊息，此刻才明白，原來是要我先愛自己再來愛她，隱含了多少對我的憂心和期許，宛如眼前這隻手，想要撥開我身上將熄未熄的灰燼那樣，卻又那麼小心翼翼，搶救著最後一絲火苗那樣的不死心。

這天傍晚，我看著她上車後，就在木造平台上和賴桑父子兩人圍爐，一邊吃著海鮮大餐，一邊急著讓他們知道，我已決定留宿一晚。

「重櫻小姐說，明天一大早還會再來。」

「呵，總算去年沒白跑，專程給你帶去那句話……。」

賴桑就是賴桑，我的心事彷彿藏在他的腦海裡。

他們臨時為我打點的客房臨著馬路，探出一看就是煙燻的二樓牆，隱約還聽得見稍遠處的海浪聲。但我並不很想聽，只想著重櫻臉上的白口罩。她說要帶我去海邊，那麼，迎著海風就不需要戴著口罩了吧，這時她會摘下口罩嗎？如果願意，她會不會答應我為她摘下來，從掛耳的帶子開始，慢慢地為她解開，像個失去的夢忽然露出臉來。

嗯，我還記得那薄薄的小齒輪片，後來還是被她找到了，她抱著那支掃把蹲在地上，小小心將它撿起來時，那滿臉焦急的一股歉意，那幾乎喜極而泣的神情，還有那雙眼睛裡多麼心疼的不捨，多像個不知所措的新娘，卻在後來嫁給了別人……

在我手上停下來的，認真算來，好長好長的歲月了。
等著要去海邊的這個夜晚，比起過去種種所有一切的阻隔還漫長。

代後記

只有文學可以讓我得到更多——王定國答初安民

1.

初安民（以下簡稱初）：因為你曾封筆多年，在建築領域是那麼成功的企業家，我曾認為你不會也不可能再寫小說了，這是我對你最大的誤判。你不只是再回來寫小說，而且是一部接一部地寫，令我非常意外。對你而言，你的寫作核心是什麼？到底是什麼樣的動力，可以讓你持續一本接一本寫下去？

王定國（以下簡稱王）：我想應該不能說你誤判，而是你太大意。你可能忘了，二〇一一年我寫了第一篇的〈某某〉，你突然誇下豪語，只要我再寫，每寫一篇就請我一頓飯。當時我好像還故意追問，如果再寫一百篇呢，你的回答斬釘截鐵，就請一百頓。

從那時起，我寫到今天。

後來回想這件事，我自己的推測是，恐怕當時你並不是看準了我這人有什麼才情或能耐，只因認為反正我不可能再寫才會用請飯來刺激的吧。事實上不只是你不相信，我的生活周遭早就沒有人把我和寫作聯想在一起，一路走在盈利追逐這種無聊透頂的險境裡，從來沒有人會跟我談文學，甚至幾十年來，根本就沒有一個建築同業和我談過任何一本書。

那怎麼辦，我哪有可能再回頭。你問對了，寫作的動力是什麼？

如果我把事業做垮了才躲回到文學裡，這種動機未免也太不值，儘管文學容得下任何失敗者，卻還不至於只能充當失敗者齊聚的避風港。我反而是在毫無阻力的狀態下毅然停下來的，為什麼可以做到這樣，以後有機會我很願意補充回答。這裡想說的是，真正所謂的放下。我放下了。我的「放下」可不是跟著心靈導師隨口說說來自欺欺人，而是更進一步排除世俗的眼光以及各種誘惑，覺得自己再不回頭可能將會失去更多。至於到底將會失去什麼，這才是人生大哉問，說得出來還算得上失去嗎？

人生走到大半，是要繼續前進還是繞道而行，行得通嗎，文學這條路。其實這個界線的抉擇很清晰，一般都認為當然要直走，每個人都會贊成，卻只有我反對，只因為一旦不寫，我會一直感到不安，這才是問題所在。

那麼，回到你的提問，為什麼我能擁有這麼強悍又寂寞的寫作動力，說穿了沒什麼，只因為覺得只有文學才能讓我得到更多。

2.

初：從早年起，我就一直喜歡你的作品，宛如絲質纖細的憂鬱氛圍，始終撼動著我閱讀時的情緒，牽引著我走向你所設定的世界，感受文字的溫度與情緒。你認為一部好的小說應該具備什麼條件？你會如何描述你的文學觀？

王：一般都這麼說，一部好的小說起碼要有個好故事。有個好故事當然最好，但光有故事還不見得就能構成一部好小說。寫小說如果像個說書人，說完了故事大概就是看著聽眾收板凳的時候，板凳是從家裡帶來的，聽完了當然就得把板凳帶回去。可惜很多無形的東西是帶不回去的，那些迴腸盪氣的情節，餘音繞梁的深意，甚至還有值得各自解讀的弦外之音，那原本就是一本書真正所要傳達的訊息，也是一個好故事的精髓之所在，卻因為一看到熱鬧就忘了聽進心裡，說書人也只顧忙著把故事說完，一個好故事很快就在搬空了板凳後跟著煙消雲散。什麼是文學，沒那麼高深，文學不過就是文字的藝術所構成。

以前的普通讀者一看到現代主義就被嚇跑，更別說後面還有個後現代。一般市井更不管什麼是寫實主義，這和他們的柴米油鹽本來就非親非故。至於浪漫主義或自然主義恐怕更和他們無關。文學的閱讀為什麼日漸萎縮為極小眾人，尤其在台灣，據我所見，我們缺的並不是讀者，反倒是他們曾經想要走進來，卻由於很多因素一直被阻擋在外，從此養成不讀不看的習慣，難怪閱讀這件事和他們越隔越遠。

而且以後還會這樣。

像我這種半途回頭的，感觸最深，我所看到的文學還是老樣子，嚴肅的歸嚴肅，大眾的歸大眾，前者板著臉孔像師傅，後者卻快樂得像個天真小學徒。我這一腳剛伸進來，坦白說還真不知道有哪個空隙可棲身，只好更專注地想我這一趟究竟所為何來，先忘掉以前自修所學的各種流派，再從嚴肅文學和大眾文學之間找出路，就像臨時被叫來補拍一張團體照，儘管還是有點扭捏，但一想到老都老了還被擠在邊邊，只好還是偷偷踮起了腳尖。

這偷偷踮起來的，也就是這十年來白紙一般的插隊寫作。

年輕時我和同好們談文學，曾經神聖得不可侵犯，現在的我已不再暢談這些了，也不想知道還有什麼脫俗的文學觀可用來示人，我只謹記再怎麼寫都不該重蹈過去的老文字，甚至期許自己得有不容複製的個人風格。為什麼我會這麼說，也許讀者最能體會，對於我，他們第一遍的閱讀是看見故事，第二遍則是看見我，因為我讓他們相信這人並不是來說書，而是即便透過通俗的情節，還能緊緊抓住人的心靈那樣隱密又深刻的東西。

我來延伸個比喻，裁縫店裡，難得客人上門來，卻找不到師傅，學徒這才坦白說，他的師傅沒穿褲子不敢下樓。為什麼不穿褲子呢，學徒說，師傅昨天晚上把它送進當鋪裡了。這肯定是個不好聽的笑話。我呢，我現在既是那師傅，也是那學徒，寫作高度就處在半嚴肅半通俗的峭壁上，從師傅那邊摻點寫實主義進來，再把學徒滿肚子的通俗材料去除大半，這樣做出來的衣服應該很受歡迎，掛在街坊樓肆好看得很。

十年來就是做著這件事。

3.

初：你的小說，甚至包括散文，設定的人物幾乎都是社會底層的卑微市井角色，他們多半不起眼，很容易被我們所忽略，但他們的情緒思維非常飽滿，甚至比大部分人都來得沉重。然而，從他們靈魂深處的自白，卻能感知他們的聖潔。為什麼你要賦予你作品裡的人物這麼沉重的設定？是冀望這些悲重的角色們可以得到救贖嗎？

王：由於長期從事建築，我最有可能遇到的大多是同一族類。但坦白說，我最不習慣的，也就是和他們的相處，即便只是見個面說話，或者進入到表面式的應酬，對我而言都是很不自在的大事，並不是他們身上的財富讓我不舒服，而是成為贏家之後那種刻意彰顯的高檔身段使我感到不耐。

我所處的環境裡很多就是這樣的人。但很奇怪，直到現在我還是難以適應富人圈的語言。有人從土地發跡，有人憑靠勤奮的雙手致富，卻總是有了錢就形成那種既得利益者的嘴臉，個個普遍富有，深諳明哲保身之道，卻對社會政治無感，本土意識薄弱，不管誰統治他都無所謂，只要房子越賣越貴就好。這種習氣雖然近幾年已有改善，但若作為內需型經濟領頭羊的角色來看，不僅難成大眾表率，恐怕還是社會貧富對立的始作俑者。

雖然這麼說，並不表示在我眼中的社會底層就值得大書特書，我珍惜的其實是那些還來不及造作的身影，他們的生存條件不足，反而保有著未經粉飾的形貌，而那是最基本的作為一個人該有的樣子。但我也相信，要是其中某個人有朝一日突然也成為了暴發戶，說不定那時他所顯現的也會是富人嘴臉，甚至是報復性的一副更壞的樣子。

基本上，這是我對人間事物的不信任所致。

小說取材偏向社會底層，是覺得在他們還沒變形之前，還來得及給予試煉，給他們非闖不可的難關，或許也是我自己的難關，我讓他們去闖，去穿越人生的迷惘，去讓我相信原來只要有心就能走出黑暗。

小說寫到後來，再也不是虛構與否的問題，而是置入我自己的內心世界，有時我就是他們，甚至與之相濡以沫，這或許就是你說的救贖。我不知道如果沒有這樣的心意，寫作對我而言究竟還有什麼意義。

4.

初：曾經有評論者說，你的小說其實是在走一條非常危險的路，意即在大眾小說與嚴肅小說的分歧點上，宛如行走在懸崖峭壁之間，一不小心很可能就是不討喜的通俗小說，請問你是如何拿捏其中的分寸與界線？

王：所謂「大眾」意指情節的通俗化，類似的評論我曾讀過，表面看來無涉褒貶，而是著重於小說的拿捏掌握如何「行走在懸崖峭壁之間」。關於這點，我比誰都戒慎恐懼，畢竟我不是為了暢銷盈利而來，而我也向來不拜文學冷廟，憑我有限的學養根本無意攀登那種高聳的象牙塔。

換個角度看，別說台灣，放眼全世界的文學生產，其實已因全球化的趨勢而逐漸傾向大眾靠攏，如今處於更功利的、凡事講求快速的二十一世紀，若還執著於大眾化和嚴肅性的分野，我不認為這有多大意義。

至於我是怎麼跨越那危險的一線間，不就是文學之為文學的奧祕所在。評論家說我取材通俗，這是當然的，我穿越通俗的窄巷後突然躲起來的身影，往往就是學問找不到的地方，否則何謂文學。

5.

初：在尋常日子與你相處時，你都是十分安靜，溫暖而和煦的人，然而小說中的人物卻固執難解，儘管陷入困境，但都不大聲求救（他們都是在深淵中不斷墮落），寧願自己痛苦的呻吟著。以一個作者來說，對待筆下的角色會不會太過殘忍了？這樣「殘忍」有必要嗎？這又是為什麼？

王：若以舉止和性情來看，我這人還真不配寫小說，最合適的文類大概就是寫散文。散文很需要安靜又溫暖的手筆，寫人和一般物事都不難流露溫潤的餘味，既能拉近讀者距離，還能對著夜裡的自己娓娓道來。一七年那本《探路》，可就是我自己的十年絕唱，誠懇直面讀者，毫不矯情或放肆，所寫都是親自走過的地上歲月。

但我還記得就在《探路》裝幀出版前，我臨時提議別再以精裝上市，以免過於冷靜的硬殼造成散文該當優雅的落差。沒想到平裝上架後，就有人抱怨包裝縮水，一擺上書櫃很明顯就是缺了氣勢，一定是這本書寫得不怎麼樣，所以印刻根本不領情。

你把自己說的「殘忍」套上括弧，這有點類似每本小說特別裝幀的硬殼；其實你並不認為那是真正的殘忍，就像我也不認為好的小說非得要多加個硬殼不可。我們都知道人生若沒有困境，這世上就不可能還有小說了。小說為困境而生，人為走出困境而活，如果小說人物走得出困境，莫不就是因為受我們閱讀人之託、之期許、之萬般的不捨和牽繫，才能走出虛實相依的一番風景。

我們閱讀小說不就為了這多出來的一層意義，雖談不上高深哲理，但至少賦予讀者各取所需的寓意，就算閱讀只為解悶，看著別人從殘忍的、悲劇的困境中活了過來，不也是令人寬慰的事，起碼藉著小說看見他，也看見了善良的自己。

你可能不相信，年輕時我讀得最少的就是托爾斯泰，沒什麼好理由，一來嫌他的書又厚又重，二來視野狹窄，根本不想多了解那種龐大的人道主義世界。沒想到如今踩著滿地濃蔭踽踽獨行的寂寞腳印中，不時讓我想到的，正就是人道主義。小說寫作中，不寫作的生活中，我的文學字典裡多得是寬恕、悲憫、軟弱和退讓……等等這種毫無力氣的字眼；平常我能怎麼用它，我怎麼試煉我自己，只有寫起小說時順便把自己綑綁起來，然後就像你說的，我給予小說人物的「殘忍」……

好吧，算我殘忍。

6.

初：打從認識你開始，我覺得你是一位不快樂的人，至少不是那種笑顏逐開的人。而你的小說人物，多半也是不快樂、不開朗，並且悲傷的，這是否符合法國批評家阿倫（Alain）所言：「小說中的虛構部分，不在故事，而在於使觀念思想發展成外在活動的方法，這種方法在日常生活之中永不會發生……歷史，由於只著重外現的來龍去脈，局面有限。小說則不然，一切以人性為本，而其主宰感情是將一切事物的動機意願表明出來，甚至熱情，罪惡，悲慘都是如此。」你同意這個說法嗎？或者你願意說得更多？

王：我在前面多出來的那些題外話，好像已足以回答這一題。故事之有其必要性，是因為它能架築小說的原型，此外就是作者所要虛構的企圖和規模，有人只以人物活動（情節）來寫成熱鬧的小說，有人則注入更險峻的人性障礙來反撲作者自己，這是小說作為好小說的鐵律。不過在這裡我還是願意承認，沒錯，我大概就是個不快樂的人。修正一下也許比較不難聽：我不是個容易快樂的人。從小我就不知道快樂為何物，要是那時突然有個足以讓我快樂的事物降臨，說不定我會不知所措，還真不曉得應該怎麼應對。

我最快樂的只有一次（應該去掉「最」），十歲那年參加遠足前夕，我那以賭為生的大表哥剛好贏了錢，他從鹿港菜市場買來一個蘋果，還慎重地包著一層紙，特別交代我吃完了遠足便當後才會更好吃。那天晚上，我把那顆蘋果藏在口袋裡躲進了廁所。我家的廁所在後院，和屋後的寄租戶公家用，電源不到那裡，沒有手電筒的人就得點一根蠟燭摸進去。我蹲在廁所裡悄悄捧著它，聞著從紙張裡透出來的濃郁的蘋果香，真的很香，又香又神祕，那一瞬間教我不想哭都不行。

後來遠足結束，我把那顆蘋果帶回來了。我母親把它均分為四片，因為那時我的姊姊還在，這小小瓣的四片蘋果就那樣滋潤了我們家四個小孩。

除此之外，要我說出快樂到底長什麼模樣，是有一天，突然開始想要寫作。直到現在，我還深刻記得十七歲的寂寞熬夜所帶來的快樂。寫作很苦，還真的非常苦，但我就是知道寫作也會帶來某種飄忽的期待，那是不知快樂為何物的孩子該當得到的報償，那樣的報償似乎也包裹著一層紙，還沒打開時已經快樂得異於常人。

7.

初：你小說情節的懸疑式鋪排，往往幾句話就揪住讀者目光，使人展開追索，好奇最終的結局。有時候，讀你的小說常常自忖：作者在下筆時刻，是否就胸有成竹的掌控全局了？或是，寫作過程就如同命運之不可捉摸，作者的想法也會隨著情節的發展而有所改變？關於這點你怎麼看？你的寫作策略是什麼？

王：以前出門買地，只要知道那塊地的使用分區和容積，大概兩分鐘內，我就能算出將來大概幾層樓，每層隔幾戶，每戶有幾坪，每坪賣多少，賣給什麼樣的家庭，甚至還能預知將來蓋好的樣貌。

幾十年的自我訓練後，那種手感就像我更早期的寫作，有時某個故事人物或情節突然蹦進腦海，當下只要細細一琢磨，大概也能很快知道這個突發靈感是到此為止，或者還值得繼續發展下去。

房子的結構精算後，鋼筋綁紮和混凝土的配比就已定型，你要是佛心來著多配它幾根鋼筋，反而稀釋了混凝土的包覆強度，同時也阻塞到水電管線的穿越空間。若是想要偷工減料，這裡那裡撙節掉幾根鋼筋，恐怕就會像過度扁平的小說人物，被抽離了骨肉之後馬上奄奄一息躺平。

有些作家老愛說他寫到哪裡才想到哪裡，說得豪邁浪漫，恐怕寫出來的會是村上春樹也跟不上的等級。寫小說之前總得設想哪個段落應該綁幾根鋼筋，就算情節進展時難免會有、且經常會有不同階段的拿捏和調度，但至少基本上還有個不宜動搖的核心在那裡，要是沒什麼依據可循，我會擔心寫到五百頁時才想要掏心掏肺已來不及。

我沒有更好的寫作策略，把結構重心整理好就能準備開筆了。

不過《鄰女》這本書還真的是個例外。

8.

初：你從十七歲開始寫作，獲得了很多獎項，早期也出版多部文學作品，但之後轉戰商場，投身建築業，直到十年前開始回來寫小說，從《那麼熱，那麼冷》開始，創作不懈地完成了九部作品，也得到許多迴響。當年你我滿頭黑髮，只有幾許白絲，而今，自已超過了黑，也可說是執著無悔地寫到了白頭。能不能請你聊聊，以你在商場上令人稱羨的成就，重新回到世人眼中獲利有限的文學世界，你怎麼看待其中的得與失？

王：我失去黑頭髮，得到白頭髮。若不意外，以後我還會失去眼睛。

寫作十年，我經常做著一件事：半夜裡，太過專注的緣故，掏著香菸時才發覺盒子裡的存量快用完了，這時就不得不停下來，先仔細數它還剩下幾根菸。若只剩三兩根，感覺就很不妙，因為還得預留明早起床後的備份。所以這時候的寫作馬上會跟著停滯下來，腦袋裡再也沒有剛才的神思，而是惶恐地想著還要忍耐幾分鐘，才能把最後的一根菸點燃。

那最後一根菸的時間，大約就用來按存檔，關電腦，離開書房。我對那數著香菸的渺小身影一點都不害臊，其實反而感到很窩心，因為那德性似曾相識，很像我十七歲的愛戀，每天晚上捨不得提早關燈，埋頭寫著幾天後將又要被退回來的淒慘傑作。

你會不會想問，為什麼不乾脆買一整條十包裝的香菸擺在抽屜。

坦白說我想回答，我又不是來抽菸的，所有的自我折磨都是為了寫作。但事實上我的眼睛已不宜再熬夜了，才會用最後一根菸的困厄來克制自己，就像此刻，坐在點燃的煙霧中回答我們這種傻問題，文學的世界裡還有什麼得與失的計較，這個你最清楚了，我們不就是這樣走過來的。

9.

初：你的小說著重在角色人物的寫實層面，我認為你的作品比較偏向寫實風格，或者說，更貼近人生的自然狀態。因為你的回歸，重新喚起人們對寫實風格的重視，我也想知道你如何界定自己的文學？

王：台中火車站前有家火紅的宮原眼科，賣的卻是年輕人最愛的冰淇淋。

我相信很少有人知道它以前是《台灣日報》所在地，報社臨著綠川東街，對面有個小橋頭，橋頭兩邊立著兩塊佈告欄，右欄貼著台灣副刊，左欄則是來搶地盤的《民聲日報》副刊。那時我已隨著家人搬到台中，住在綠川西街的違章夾層上，走路過來五分鐘，看完右邊的台副再看另一邊的民副，直到念完初中。

從初二開始投稿的經驗中，我才知道原來右邊有稿費，左邊沒稿費，但並不影響我每天風雨無阻的讀報習慣，夏天回家放下書包後還能慢慢走，冬天則是五點過後夕陽已下山，我揹著書包裡匡啷匡啷的空便當盒趕到時，往往已經超過四點五十分，這時就像吐著舌頭的小狗趴在邊欄上，匆匆看完後只好把那沒稿費的另一頭冷落在夜色中。

每天早上我從夾層爬下來，蹲在溪邊的駁坎上刷牙洗臉後，一跑進學校就得馬上把全身繃緊，時不時偷偷巡看著數學導師的身影。由於一直沒錢去他家補習，課堂上總是被叫上台寫他想也知道完蛋的離奇算式，這時他握緊的拳頭就會蜷起關節，然後像敲鐵釘那樣連續捶在我的額頭上。

有時他走下講台，沒事也會繞到我身旁，問我爸為什麼給我取這麼好笑的名字。排隊唱國歌時認為我的聲音太小，把我罰唱一遍，當著全校師生連喊帶叫把歌唱完。

種種他想得到的凌辱手段都用在我身上，而且不是單一偶然，是暗無天日的複數N次方，每當我站在路邊讀著那些副刊文字時，由於腳下的水溝阻擾，斜跨著的站姿只能獨厚左眼的角度，這時用不上的右眼只能負責掉淚，等著讀報後的左眼來安撫它飢渴的文學。

初中三個寒暑，我在心裡詛咒過魔鬼千百次，但他都沒死。直到我將近五十歲，有一天開車經過一條夜暗小路，這時總算遇見他了，他應該已八十歲，走在前面猶然還是十分硬朗的背影。我放慢和他一樣的速度，第一個念頭就是下車撿石頭，再來的考量則是要從他身上的哪個部位下手。一直到我的車身越來越靠近他，猛然間我才大冒冷汗停下來，最後默默看著他離開。

我沒有寫作上的老師，文學啟蒙都來自路邊的報紙，也曾因為馬步跨得太過鬆軟，一腳插進佈告欄下的邊溝裡久久無法抽身。我也從來不崇尚什麼文學主義，更不贊成文字只被用來炫技，在我手上只有一本愚者專用的字典，而最主要的題材來自大街小巷的市井之聲，那些通俗的聲音引領著我的寫作路線，一直到有時我想要打扮得尊貴一點時已經拋不下它。寫實風格就是這麼建立起來的，文學從來就不是被我拿來裹傷的藥布，看不見的傷口最難癒合，但很奇怪寫作時傷口自然就會消失。

10.

初：現階段的台灣自由、開放，各種聲音都能被聽見，你又是如何看到目前台灣文學的潮流與現象？

王：越來越多的文學作品已逐漸朝向影視文化深耕，這是很可喜的現象，足以證明文學市場的沒落正就是文學活化的開端，它已不該只是神桌祭品，也不該再被奉為多了不起的經典，這是新時代教我們這麼做的，事實上也只有這樣的蛻變，文學才能走進大街小巷，而不是抱著經典怨天尤人。現階段我所看到的年輕作家，其用字之乾淨精準，是我們那一代人遠所不及的，這完美的基本功絕對要好好珍惜，要是不屑於寫實風格也無妨，總有寫到老的時候，寫到覺得每個字為什麼越來越沒有生命，那時也許就是想要返樸歸真的時候，那時候一點都不晚。

（對談者為印刻文學總編輯）

文學叢書 693

INK PUBLISHING

鄰女

作　　者　王定國
總 編 輯　初安民
責任編輯　陳健瑜
美術編輯　黃昶憲
校　　對　吳美滿　陳健瑜　王定國

發 行 人　張書銘
出　　版　INK 印刻文學生活雜誌出版股份有限公司
新北市中和區建一路 249 號 8 樓
電話：02-22281626
傳真：02-22281598
e-mail：ink.book@msa.hinet.net
網　　址　舒讀網 http：//www.inksudu.com.tw

法律顧問　巨鼎博達法律事務所
施竣中律師
總 代 理　成陽出版股份有限公司
電話：03-3589000（代表號）
傳真：03-3556521
郵政劃撥　19785090　印刻文學生活雜誌出版股份有限公司
印　　刷　海王印刷事業股份有限公司

港澳總經銷　泛華發行代理有限公司
地　　址　香港新界將軍澳工業邨駿昌街 7 號 2 樓
電　　話　852-27982220
傳　　真　852-27965471
網　　址　www.gccd.com.hk

出版日期　2022 年 9 月 30 日　初版
ISBN　978-986-387-615-1

定　價　380 元

國家圖書館出版品預行編目資料

鄰女／王定國著 --初版,
新北市中和區：INK印刻文學,
2022. 9 面； 14.8 × 21公分.（文學叢書；693）
ISBN 978-986-387-615-1（精裝）

863.57　　111015082

舒讀網